墨香 정예시집

타조의 터널

金賢舜 著

 한국학술정보

타조의 터널

타조의 터널에 개똥벌레 명멸하는 것은

金賢舜

타조의 터널 너머에 개똥벌레 명멸하는 것은 사막의 모질음이 기다리고 있기 때문이다. 이끼 마른 시간 속으로 별빛 내리꽂히는 소리가 전율하며 바닷새 메아리에 이슬 얹어두는 순간이다. 찰나의 우주가 재활되는 작업인 것이다.

기억의 넌출에 파도가 주름 펴 보인 것도 해탈의 산정에 별빛 여유가 입 맞추기 때문이다.

그리움과 기다림이 방선防線 뛰어넘는 숙명을 위안慰安으로 쌓아두며 잿빛 열어 보이는 근성의 고백이리라.

아픔마저 깨달음에 이슬 꿰지르는 가상임을 詩의 새벽으로 갈고 닦을 뿐이다.

－甲辰年 여름 墨香庭園에서

차례

제1부

제2부

제3부

제4부

제5부

제6부

제7부

제8부

墨香 정예시집 · 타조의 터널

만추晩秋의 고독

천고마비의 속 갈피에
햇살 맞물리는 소리
사막 살찌워 감을
환생에 비춰 보일 것인가

추녀 끝에 풍경 달아둔
바람의 손등에
꽃잎 날아내려
고목 감싼 계절의 반란

다가서는 겨울 앞에
인내 길들여갈 일이다

산배머리 옷섶에
자줏빛 하늘 멍들듯이

2023. 9. 17

불멸의 가능과 미적분

그때 껍데기가 표본이라는 말에
빗줄기는 유리벽에 입 대는 것
서슴치 않았을 것이다
그러나 빅토르 이와노위치~!
라고 하며 눈썹도 물들었을 것이다

아무렇게나
주어 붙인 외래어지만
햇살의 메모 기억했을 것이다
아파했을지도 모를 일이다

상단에 주소는 보이지 않고
<이수일과 심순애>
그 각본 읽는 소리가
놀빛 모락모락 지펴 올리고 있다

2023. 9. 19

역참의 성에꽃

교차로에 풍화되어가는
망부(亡婦)의 넋이었나

가로등 진실에 얼룩진
흔적의 향기 걸리어있듯

세월 바래져있네
부질없는 숨결에

사랑, 사랑…
그 노래마저 으깨져 있네

2023. 9. 20

가을, 성숙의 계절에

하늘이 저렇게 높고 푸른 건
황금나락 물결치는 노래가
그 언어 비껴 담았기 때문이다

허공 가로지르는 생각들이
산과 들 거머쥔 그 곳에
별빛 심어두기 때문이다

그리고 다시…
하늘이 저렇게 맑고 깊은 건

바닷새 고운 부리가
투명한 바람에
숙명 한 올 얹어두기 때문이다

2023. 9. 21

조감도는 거꾸로 들고 보기

확대경 속으로 걸어가는 홀씨의 혼
어둠 밝히는 우주의 신음이 된다
이는 거룩함이로다
배회하는 개똥벌레의 참사랑
이방인 발톱에 나붓거릴 때
칠흑의 늑골에서 붓다의 사리가
고독 길들이듯
피안의 오존층 열어두고 있나니
회한의 성곽에 벽화 그려 넣는
물풀의 흐느낌
나들목에 심야 실어나르며
청명상하도(清明上河图)…
명암의 흔적 따라서 밀려나고 있다

2023. 9. 21

그리움이라 부르지 않는 까닭

어둠의 낙엽 한 잎 끼워둔다는 것은
비대증 삭감한다는 것과
상관없는 일이다
시인의 바다는 미라의 손등에
촛불 켜두는 것 잊지 않았으리라

비는 아니 내리고
안개는 시간 안고 달릴 것이다
파도 잠들어 가느니
어둠에 길 열어두시라

가을 한 자락 받쳐 들고
회한의 부름으로 각막 벗길 일이다

2023. 9. 21

보이스피싱의 발아發芽

그는 나이가 원쑤라 했다
비번마저 빛 터치해간다고 했다
아우성에 늪이 죽는다면
촛불의 미학에 환생의 눈까풀
각막에 낱말 수놓아가겠지
그러나 어둠 흔들어 깨운
아픔은 결코
눈물 새겨 넣지 못했다
망각 꽃피우지 못한 탓으로
어둠의 생채기에
지구가 넋 굴러가듯이
반딧불 사랑도 그 밤엔
연소燃燒를 꿈꾸었을 것이다
적막에 별빛 감금되어 있듯이

2023. 9. 22

냇물 쌓아 올리는 어둠의 손

이슬 받쳐 들고
천사의 발치에 무릎 꿇는다고
녹슨 어제가 그리워지랴
기억은 사립 열고 아침을 줍는다

수림의 오후가
파도 꺼내 닦아도
소리의 협화음 고독 열창해간다

벽화에
무릎 꿇고 잠들 것인가
멍든 하늘 깃 펴 배웅해 나선다

2023. 9. 22

까뮈의 소설에 고뇌 심어두기

놈은 안경 너머로 건네 보고 있었다
넌지시, 라는 말은
오후를 해변에로 달리게 했고
치마 들어 올린 파도에
욕망의 날 선 눈길
숙녀의 하이힐에 짓밟혀
버럭버럭 화내고 있었다

신문지 넘기는 소리마저
ー요즘 날씨가 왜 이래…
녹슨 세월 꾹 누르며 얼굴 붉힌다

탕~! 출입문 닫히는 소리
아픔이 시늉 들었다 놓는다

ー커피는 몇 도입니까
면접의 날
계단의 꼼수가 그렇게
탈린 궤도 감내하고 있었던 것이다

2023. 9. 22

24

낱말 홰치는 소리

별들이 개똥벌레 되어 날아다닌다
안개의 뒷잔등에 이슬 돋치듯
변성기의 사막
초침의 역사를 어둠에 새겨 넣는다

사슬 삭아 떨어질 때까지
적막은 심야 그리워할 것이고
귀거래사 점치며 내일 노크할 것이다

기다림이여
눈부심에 덧걸지 말어라
우주는 언제나 새벽 뜸들이고 있나니

2023. 9. 22

객주

구름 위에 올라보지 않은 사람은
구름의 두근거림 알 수 없다
추락의 수위는 바람이 실어 나른다

이별 겪어보지 못한 이는
사랑의 소중함 깨닫지 못하듯
적막의 단면에 숙명 새겨 넣는다

능선의 부름에 눈 뜨며
각성하는 조막손 싹틔울 일이다

바다여 잠들지 않고는
파도의 다독임 느낄 수 없듯
넋이여 계단에 키스 얹어둘 뿐이다

2023. 9. 23

꿈 밖 꼼수에 불이 켜질 때

윤회의 주름에 생각은 부질없다
기억의 둘레에 우주가 싹튼다면
어둠 연소되어 가는데
꽃 분분 난 분분, 화합의 노래

얼룩진 사연마다에
승천의 발자취 미소 짓는다

여백의 순도에 헛도는 세상
각성의 고리가 절렁거리고

막장幕帳의 능선
밤바다 멍들여 가는데
회한의 주소에 깃발 나부끼어라

2023. 9. 25

추석 이벤트

충만에 케첩 발라둔
징표의 그림자가
산자락에 잠들어 있다

이승과 저승의 분계선
물기어린 손들이
향기 부풀려 가면

계단 딛는 소리마다
사막에 울대 찢어
암야 덮을 일이다

달이 저렇게
밝아 뵈는 것도
샛별 닮은 눈동자들이
먼데서 지켜보기 때문이다

2023. 9. 29

국경國境, 국경國境…

트렁크와 배낭이 계단 오른다. 손잡이가 곁에서 부축해줌에 감사드리며 둘이는 마주 보고 웃었다. 어디까지 갈 것인가. 홀씨의 연륜을 그네들은 망각하며 역상 비춰보고 있었던 것이다. 무게의 탈중심 지축을 기울게 한다. 고스톱이 땀구멍에서 굴러 나오고 죽은 바다가 마중 나오고 있다. 이름표가 참선叄禪의 시야 눌러준다고 속곳 벗어 새벽에 널어 말릴 것인가. 비명 씹으며 무지개는 사막에 깃 펴두며 한발 물러서고 있다. 바람이여 아침에 입 맞출 것인가. 햇살이 뒷짐 지고 서성거리듯 바람이 다시 속곳 열어보이고 있다.

2023. 10. 1

마우스가 마우스를 업고 춤추면

시공時空의 자유가 한방 클릭에 달려 있다
존재는 투영投影 못 박아둔 파닥임으로
어둠 불사른 진로進路가 된다
미소가 원혼 들었다 놓을 때
별빛 타고 내려와
그는 사이버 주름에 옷 입히라 한다
치유의 안내에 죽음은 깃 펴고 있나니
천사는 해저의 연장선에 환생 읊조려본다

2023. 10. 1

황천의 절경絶境

베를레르의 거리에 비가 내리듯
기억 잃은 숲길에 눈이 내린다
줄 끊긴 명상의 공간으로
아픔 걸어 나간다

잘려나간 지구의 단면에
태고의 흔적 만지는 숨결의 집합

각질의 어둠으로
참선의 사막 물젖어있고
울며 부르는 아리랑 스리랑
전설 깊은 나목에 꽃피어 있다

계곡, 까무러치고
베를레르의 가슴에 비가 내린다

2023. 10. 1

역광逆光시대

솔개의 눈동자에
물안개는 주춤거림 열어두고 있다
착상 꼬드겨
인내가 파도 길들이듯
아픔마다에
명암의 분만分娩 걸어두고 있다

2023. 10. 2

약조의 안녕에 불 지펴 올리기

남자는 여자를 물이라고 생각하였다
덜 닫긴 수도꼭지에서 똑, 똑…
날 밝을 때까지 허겁은 그렇게
암야를 울어야 했고
자비로움은 바다의 흔적
가려덮는 체 했을 것이다
각성 눈뜰 때까지 미라의 시간 앞에서
순종은 놀빛에 무릎 꿇었지

각막 벗는 기억 한 소절에
아픔도 녹슨 꿈이라
못 잊겠노라 흐느꼈겠지
꿈 밖에선 꿈 더듬는 떨림으로
광야의 어둠에
별꽃 피워 올리며
하늘은 새벽처럼 밝아오지 않았던가

2023. 10. 3

숙녀와 수틀

아무도 몰래 내리는 이 빗소리를
도깨비 씨나락 까먹는
소리라고 생각들 하겠지
지구의 반대 켠에서
향기들 얼어 터지는 모습에
심야의 바람은
기억에 탁본 찍을 것이다
자유에 촉수 박으며
두근거림 엿들으시겠지
걸어야 한다
고독도 한순간
숨결마다 분꽃으로 아롱져 있다

2023. 10. 5

미라의 계단

그게 어찌 헤드라이트 눈뜬 탓이란 말인가
억측이 갈바람 일으켜 세울 때
전율은 새벽인 체
매화 향 받쳐 올려야 한다
사막의 아픔이 왜 슬픔이어야 하는지
바위는 고요 습새는 소리 걸러두고 있다

비천飛天 흉내 내는
신음 한마디가 협곡을 눕혀준다면
녹슨 지구는 홀로 공전 윤색해갈 것이다

2023. 10. 6

참선의 새벽하늘 초싹이듯이

망자의 넋으로 어둠 불 밝혀주실 일이다
바위틈에 입김 얹는 넉넉함으로
굽이도는 냇물의 속삭임 어루만질 일이다
두근거림에 망초꽃 설음
미소 펼친 황천길 가려 덮을 일인가
햇살이 무위無爲 능선 받쳐 올리는데

낙타의 눈물 옥구슬 되기까지
세월의 사막 뿌리 내릴 일이다
명암에 향기 쌓아두는 동안
순례자의 하늘
만개한 꽃으로 누리에 피어
바위섬 속주름에 기도로 주렁질 일이다

2023. 10. 7

관자재보살과 메아리…

부나비는 환생 엿보았을 것이다
윤회의 촉수燭數 밝혀
가상에 어둠에 비춰 보이며
얼어붙는 몸살에도
그림자 알현하지 않았을 것이다

사멸에 초점 맞춘
구름의 난이도
각색에 목마름 망각했을 뿐이다

2023. 10. 8

고독의 변두리

갈대의 순정은 그 얼마나
햇살 그리워했던가
기다림, 기다림…
승천昇天의 아픔 길들이다가
깃발 나붓
거리기도 하였겠지
빈들에 겨울 앞세우며
각막의 전주곡으로
해동의 봄
노래 부르지 않았던가
별똥별 사랑
녹슨 해안선
접착의 침묵으로
탁본 찍을 일이다
밤은 그래도
묵답으로 깊어만 가느니

2023. 10. 9

제2부

墨香 정예시집 · 타조의 터널

산타마리아…

거짓의 숨결이 정원 간질여도
님프의 시간은
윤색에 악수 내밀 수 없지
타일 같은 그리자
그때 아픔은 구멍 뚫렸을 거다

사투리가 춤추며
햇살이 외롭다 하여
능선의 어둠을
숙명의 미적분에 안겼을 거다

그러나
기다림 감싸는 동안
청사초롱 불 밝혀
밤은 숨 죽여
아픔을 살살 녹여주었을 거다

2023. 10. 9

성에꽃 녹아드는 이유

영시의 하늘이 곱게 미소 짓는 것은 퇴적의 영혼 주무르는 이별이 있기 때문입니다. 마리아나해구의 메아리가 눈꽃 날리는 겨울 조각해내고 있습니다.

사랑을 숙명이라고 생각하십니까. 놀빛 한 점 옮겨 심는 속주름 있다면 그것은 아픔에 약조 새겨두는 작업입니다.

등댓불 너머로 새벽은 숙명 봉합하며 녹슨 첼로의 저음부기호에 그리움의 편린 덧칠해주기 때문입니다.

2023. 10. 11

명상의 흔들림에 스며드는 숙명의 안개

저 먼 우주의 근원으로 빛은 찬란하게 내려와 어둠을 덮습니다. 긴 호흡을 스트레칭 하는 순간이 스르르 빠져나갑니다.

고요는 무의식 속으로 조금씩 갈앉기도 하겠지요.

둑 아래에 엘리베이터 숨찬 목소리가 꽃으로 피어날 때 아픔들이 짜릿한 공간을 서서히 밀고 나갑니다.

이제 감은 눈 떠보셔요. 아리따운 질문은 빈들의 속삭임 어루쓸고 있습니다. 이제 당신은 봄, 봄이 되었습니다.

2023. 10. 11

목로주점木壚酒店

앞서 간 사람들은 뜬 세월 속
땟국 그림자를
해바라기씨처럼 까먹으며
회한 주고 받는다
따끈한 사랑으로 겨울 덥히며
속력보다 더 끈끈하게
광야를 달렸겠지
뒷골목 비좁은 곳이라도
미증유의 사명으로
어둠 걸러낸 잔에
획 뜯어 맞추며
어둠 달래주었겠지
별빛 돋는 눈꽃에
매끄러운 사립을 연다
안녕, 그리고
추억에 볼 붉히며
건배마다 핑크빛 잠재워간다

2023. 10. 11

신기루에도 주소 있듯이

안개는 존재의 일상 떠올려본다
팔 벌려 물상들 그러안으며
어제를 그리워한다
가슴에 별빛 새기며
숨죽인 적막 연소해가고
차갑게 이슬에 눈뜨고 있다
바람 따라 깃 펴는 소리
냇물 돌아눕는 메아리마저
속주름 나붓거린 순간이었다
불개미 잔등에
하늘 업혀 있음을 보았다
비천飛天의 미소가
그 속에 능라綾羅 감고 있었다

2023. 10. 13

늦가을

지전과 공전의 얼굴이
단풍든 가을인체 하기도 하였다
그게 웃기는 일이었다
노트에서 흘러내린 기억이
아모레, 아모레…
다시 힘주어 부르는 것은
아픔 쥐었다 놓으며
먼 산 뻐꾹새가
뻐꾹뻐꾹
다시 이별 흉내 내기 때문이다

2023. 10. 13

그리움의 탈속엔 눈금이

낮게 드리운 물속 그림자
놀빛 가려 덮는
사막에는 신기루가 있다

영혼의 연장선에
구릿빛 하늘 갈고 닦으며
빅뱅의 식탁 점지해두라

해저 더듬는
가오리
그 날개로 세상 덮을 일이다

2023. 10. 13

면역력

지구의
斷面에서 가을 익는 소리가
날 세워 심야 물어뜯으며
한숨 쉬던 기억을 두렵게 한다

바람이
허파 찌르는 동안
암장의 은어隱語 각색해간다

마고麻姑의 숲
멍든 하늘 만져보고 싶다
아픔 입 맞춘 진실
낱말에 탁본 찍으며

피뢰침 뾰족한 이유로
침몰된 폐허 덧쌓는다
우주에 달빛
수놓는 작업 영그는 순간이다

2023. 10. 14

두려움의 카타르시스는 반쪽 각시탈

안개 속에 우뚝 솟은 거룩함이 기다림 눈뜨게 한다
개똥벌레의 기슭에로 나룻배는 노저어가고
피리 부는 나그네의 그늘이 달빛 윤색해간다

소망 길어 올린 시공時空에 아픔 펴 바르며
착상의 메모가 도회지 여인숙 묶어두고 있다
내숭 떠는 바람, 나뭇잎 성화에 가슴 비벼대겠지

성에꽃 익어가는 소리로
아기 업은 깜부기는 잎새 사이로 내다보겠지
아픔이 문 열면 어둠이 새벽 안고 발 들여 놓는다

2023. 10. 17

삶

치움 술 취한 사람 비틀거리는 모습 보았을 때
우스워, 라고 생각들이 미소 씹어 삼켰다
두 번째로 술 취한 사람 비칠거리는 모습엔
참 안됐구나, 외마디 삼켜버린다
세 번째로 그림자가 흥청거릴 때
나는 지구도 휘청거림을 느껴보았다

우메~
사막에 볼 부비는 난바다 잔주름
억겁 파도로 촤르르 바위섬 길들임을 보았다
놀빛 능선엔 불개미 짤룩한 허리도 비껴있었다

2023. 10 . 18

겨울비

새벽이 노래 부르며 출입구로 걸어 나간다
회음벽 너머로 눈물 괴어오르고
무아無我의 공존에 떨림의 집합
에어로빅 졸라매듯 섬섬옥수 보듬고 간다

머물다 가더라도 비명은 삼켜라
사금파리 반짝이는 암갈색 회한인 것을
사념思念의 유리벽엔 소망 스크랩되어 있다

2023. 10. 19

버튼의 소망

향기 속을 걸어가고 있다
왜 하필~!
묵언의 사막 각색해야 하는지

승천의 그림자 물들이며
안개들의 재활이벤트

적선積善의 메모들이
파도의 속주름 귀대고 들으면

구멍 난 복도에
바람 슴새 나가는 소리

저승꽃 자국마다
발상의 아픔에 깨어나 있다

2023. 10. 19

윤회의 공개홀 너머

동전 한 잎의 정면에로
누드의 햇살 굴러가면
안개의 기억일 거라고
소나무가 길목 지켜 나선다

바람, 바람, 바람…
사념思念 빗겨 간 포물선
빛의 환영幻影으로
죽은 사막 건져 올리지

돛폭마다
치맛자락 움켜쥐고
커튼 밖 내다보고 있다

비천飛天의 하늘
놀빛 들어 입맞춤 하듯
최적의 확률
적막 골라 싹틔우고 있다

2023. 10. 22

겨울새벽

　바닷새 꼬깃꼬깃 얼어붙은 함성으로 부서져 내린 눈꽃사연이 가슴 펴듯이 불빛마저 응고된 시선으로 겨울 새벽을 보았나.

　각된 타임머신 옷섶에 눈꽃 달아주던 아픔도 있었지. 그것이 성숙의 긴 복도 서성이며 적막 부르고 있음을 바람은 몰랐을 거야.

　아직도 놀빛 아쉬움은 숙녀의 따슨 손 감아쥐며 테라스에 입맞춤 깁스해두고 있겠지.

　하루면 하루같이 고독에 빈손 내미는 겨울새벽, 기다림의 액기스에 명암 받쳐 올린 그런 겨울새벽을 보았나.

2023. 10. 23

미적분 어둠에 구름 떠있을 때

거기 멀리서 산이 걸어오고 있네요
난바다 뒤척이는 소리가 밀물져오듯
시간은 별들만 지켜보고 있겠지요
아픔의 이유가
자국마다 사념思念 받쳐 올릴 때
맨발은 입맞춤 펼쳐보고 있을 겁니다

뿌리의 밖에서
안개는 연민의 사랑이라 하겠습니다
새벽 미소가 아침식탁위로
걸어가기 때문이라 하겠습니다

희망의 분만分娩은
분명 쑥스러움이라 하겠습니다
소라에 얼룩진 세월은
자국자국
나찰羅刹의 풍경 매달아둘 것입니다.

2023. 10. 25

어둠의 구멍에 빛을 못 박아두라

　횡단보도 지나서 가다가 뒤돌아보니 길 잃은 그림자가 우두커니 서있지 뭔가. 바로 그 오른 켠에 시간의 정문이 기억 감아쥐고 흘러가는 구름 바라보고 있지 않고 뭔가.

　사거리가 나올 때까지 유턴하지 말고 직진해야 하는데 바람은 그게 갑갑해 가슴 찢으며 아픔의 출구 배회하지 않던가.

　한 겨울, 계단 딛고 오르내리는 말씀들이 포플러 잎에 감싸두었던 아쉬움으로 깃발 추켜들지 않던가.

　「사랑합시다, 바다는 너그러운 품에 햇살 출렁이며 전생의 사막 보듬어주지요.」

　폰에 뜬 내비게이션 낭독하며 해는 기울고 생각 벗어놓으며 젓가락은 레일 집어 들어 올린다

　싸락 싸락 싸락, 눈 내리는 소리, 남자는 기다림의 계곡 더듬고 싶었던 것이다. 그리웠나봐, 상견례 역시 적도의 환생으로 미팅 꽃피우고 있나 봐.

2023. 10. 25

겨울 오는 길목에서

만추晩秋의 호흡이 낯 붉어있다는 사실은 들통나있다.

티켓에 붙어있는 날숨의 수염 길어진다는 건 착각의 우주를 그리워하기 때문이다. 연역추리법도 수행자의 방석 덮혀주는 이유가 된다.

창백한 오후가 방선 넘어간다. 속삭임에 낮달 하나 오려 붙여라, 헐벗은 하늘아래 바람의 흐느낌이 처마 끝 메아리 눈 뜨게 한다.

이슬이 승천하리라는 것, 안개는 그 속내 들여다보고 있다.

매지구름 가슴에도 아픔은 꽃 피어있듯, 으깨지며 부서지며 맨발의 신사가 극지極地의 언어 조립해두고 있다.

2023. 10. 25

만추晚秋

나뭇잎 바스락 소리에 성에꽃 유령
이슬로 남아 기억 베껴 쓰고 있다
그늘 깔고 앉아
달아오른 바람에 볼 식히어 가면

여염집 아낙의
놀빛 부끄럼 잦아들게 하고
사막은 향기 걸러 별빛 쌓아 올린다

손바닥에 소망 어린 별빛
힘살의 세기가 기다림 일으켜 세운다

2023. 10. 26

유턴하라 그래도 된다면

억새의 숨결 찢긴 틈 사이로
겨울 습새 드는 소리 들으며
둔덕은 엎드려 잠든 체한다
절대적 자유는 포박되어 있다

바람의 뿌리가 안경 너머로
추위 더듬어 가면
어둠은 지각 뚫고 빛으로 환생한다

티라노사우르스의 납함吶喊
암장 눈뜨게 하고
노크의 착각에 밤 지새우며
새벽을 운다

가시의 고향 사막 길들이듯
죽은 바다 거머쥐고
파도가 해안선 머뭇거릴 뿐이다

2023. 10. 26

마침내와 끝끝내의 동의어

안개의 색상이 착상에 손 내밀고 있다
구경 나온 들풀의 속내,
누구의 목소리를 닮았을까
눈꽃 날릴 때 장독대 구멍 난 진실,
세월에 낙인찍겠지

가을 한줌 모아 쥐고
걸어가는 발은 가슴 시리다고 한다

섬, 섬… 바위섬 같이
파도의 과거를 나직이 깨물면
혼백의 흔들림은 언제나
빅뱅의 우주를 바다라 부르지
잠든 심해의 눈뜬 상어라고 부르지…

2023. 10. 26

던져봐, 그것도 주사위이다

아픔의 변두리에 꽃은 피고
빈자貧者의 이름에
어둠 한 올 불사르는 새벽이 있다
그것은 가시 박힌 홍두깨로
새벽 후려치는 몫이다

썰물의 문전에서 풀죽은 시간들
발가락 사이로 빠져나가고
하늘과 바다 실어 날으며
음악은 접목의 능선 춤추게 한다

손톱 박는 악마의 유령
낮달 꺼내든 사랑마다
삭힌 사막 건져 올리듯

침전하는 오로라의 메아리
천만갈래 와인으로 숙성되어 있다

2023. 10. 27

아폴리네르의 렌즈와 초점

낮달 타고 시간이 하늘을 빠져나가듯
물속 안개가 가물거리고 그 속에
물구나무서는 뿌잇한 동공瞳孔의 둘레
헤살 궂은 바람의 손 찢기도록
나방의 미소는 어둠 못 박아두고 있다

구멍 난 자리에서 빛이 흘러나오듯
눈 비벼 뜨며 늪은 바다를 그리워하고
승천의 이유 접어 오로라는
놀빛 그러안는다 고비사막 길들어간다

어둠 밖 고목에 아픔 꽃피어날 때
숙명은 갱생하는 우주가 되고
미라보다리 아래로 세느강 흐를 때
옛 사랑, 연민의 향기로 재연되고 있다

2023. 10. 28

님프의 저녁

복사꽃 훈향마다 안개 젖은 착각
사막의 유령 거울에 비춰 보이듯
별 헤던 아이는 손가락이 심심하다

실각의 칼날 위에 입술 없는 존재
물풀 그림자에 산하나 얹어두고
추락에 초점 모으고 싶다

바람으로 머물다가 놀빛
녹슨 음성으로 우주를 감싸듯
또 하나의 별이 소리 없이 죽어간다

지구의 꼬리는 오늘도 블랙홀에
칠흑의 어둠 밝혀둘 일이다
잘라내야 한다며 체념 열리고 있다

2023. 10. 28

제3부

墨香 정예시집 · 타조의 터널

범생凡生의 하루

그는 감히 아픔을 아픔이라 불렀다
골물의 낙차에 귀 기울인 고요
미아迷兒의 잎새로 찢기어 있다
그리움을 사념思念이라 부르는 이유
어둠이 별빛 춤추게 하기 때문이다

에베레스트산정 응고시킨 베일이
나찰羅刹의 정원 가려준다면
이별 차갑게 풍화시키는 건
바람이 사리숨利 받쳐 들고
미소의 다님길 밝혀주기 때문이다

풀잎에 손 베인 시간을 눈물이라
베껴두지 않는 이유는 아직도
눈먼 기다림이 저승꽃 그늘에 기대어
이른 아침 지켜보기 때문이다

하지만 그는 숙명을 소망이라 불렀다
감히 사랑이라 부를 수 있는 용기
지각 뚫는 겨울의 인내가 빨갛게
기운 쓰며 태양 밀어올리기 때문이다

2023. 10. 29

수석壽石

속주름이 하늘 품고 잠든 지도 억만 겁 될 것이다. 바람의 간질임이 햇살 풀어내려 어둠 감싸 안는 모습도 생경함의 발아되는 허무의 긴 여정이었다. 핥고 지난 표적의 나이테였을까. 존재의 아방궁 불살라 버렸을 지도 모를 일이잖은가. 그러나 사막은 별빛 걸러 해저海底의 정수리 비춰주었고 응고된 밤을 걸어가고 있었다. 흑암의 둘레에서 숙명은 조용히 눈뜬 기다림 연마하고 있었다.

2023. 10. 29

가을이라 하실라나요

행선지는 하서마을 강녘, 전설 모여 앉은 둔덕에로 발가락의 개수個數는 손가락 개수個數를 닮은 세월 세어보고 있었다.

숨죽인 하늘이 강물에 실려 떠났고 바람의 매무새는 코스모스 그림자에 얹혀 한들거렸다. 남자는 그것이 신나서 자꾸 휘파람 불었던가.

계곡에 무지개 진상해 올리는 무수리의 미소같이 안개는 이슬 모아쥐고 서성이었다. 수석壽石의 요상한 향기가 허리에 구멍 뚫을 때…

타임머신 바퀴 달린 진실은 각서의 눈썰미에 날개 매다는 연장이었다. 삭은 세월 스며있듯이 먼 사막 꽃펴나는 메시지 엿들으며 사랑은 조용히 신작로를 질주하고 있었다.

2023. 10. 30

명자씨의 이별

악수 내미는 분신分身과 영혼의 대화는 서로의 이름에 시간을 걸어놓는다. 박달나무 구멍 내는 딱따구리처럼 그는 주둥이로 세월 쪼아먹으며 영하零下의 체온 지켜보고 있다.

애자씨, 봉화씨, 미란씨… 입술에 발라두었던 호칭들이 사념思念의 계선 넘어서고 있다. 울대가 격정의 편린 주워 소반에 받쳐 올릴 때 가시의 사랑, 환영幻影에 깃발 꽂는다.

사막이 부서져 내리고 있다. 파도의 난무, 멍든 계절 일으켜 해오라기 춤추게 하듯 미스 박의 그림자가 문전에서 소망 노크하고 있다.

2023. 10. 31

싯다르타의 약조

산약초 달여 만든 환약냄새가 캠핑별장 앞개울에 낙엽으로 들을 덮는다. 구름은 숲의 설렘 내려다보고 있었을 것이다.

건강재활센터에서 염불하는 찬비는 달아오른 마음 식혀주는 계절의 참선參禪이다. 시간의 허겁 겹겹의 속주름 드러내 보였을 것이다.

무엇이 사랑을 기다림이게 했을까. 퇴적의 별빛들이 명상의 우주 잠들게 하였으리라. 그리움 명멸하는 곳에 겨울바다 출렁이었으리라.

수평선 위에 서성이는 태초의 아침엔 놀빛도 간밤을 불살라 버렸을 것이다.

2023. 10. 31

반쪽 세상

출구 밖 놀빛이 숙녀의 히프 감싸는 동안 새들의 지저귐은 아침 싹틔우고 있다. 바람의 난센스가 사막 깨우는 깃발 펄럭일 때 글씨들의 행진.

마고麻姑의 숲 너머에 비는 내렸고 부처님 손바닥에 행선지의 자각自覺은 변모變貌에 휘달리며 피아니스트 긴 손가락으로 어둠 진맥했을 것이다.

날개 달린 것이 죽어가고 있다. 해일 꿰지르는 빛의 연장선 위에 초인의 스피드가 반목 스크랩해두었을 것이다.

동심불멸童心不滅의 반짇고리, 그 잔등 핥는 마법의 성性으로 미로의 치맛자락 들어 올리며 새벽은 아침 짓씹고 있다.

2023. 11. 1

첼로처럼 흐느끼는 가을비

슬픔 퍼마시며 밤은 냇물 타고 흘렀고
보초서는 그림자가 새벽이기를
얼마나 그리워했던가
바람 머물다 간 자리에 별빛 부끄럼
지구를 누르고 바다를 깨워
열목어의 눈뜬 시각으로
안개의 발톱에 빨대 꽂는다

고독어린 황촉黃燭
밤눈 수놓는 천사의 퍼포먼스
세월 깁스해둔 잔인함마저
기억의 복도에
혼성混聲의 난초 썰어 말린다
레일 좀먹는 소리가
추적추적 오늘도 기억 적시며 간다

2023. 11. 2

11월의 고간에 연륜 꽃펴날 때

암장에 인내 새겨넣는 작업으로
바람에 내리꽂히며
거리는 심야에 새벽 깔아드린다
첫눈이 손님일 거라는 추측
영하零下의 가시 잘라내며
맨발의 세월 길들여간다
회한의 나이테는 입 맞추고 있다

2023. 11. 2

입동立冬

　하늘 한 점 만지고파 나무는 허공에 팔 뻗어가고 있다
　수천의 감긴 눈 와짝 뜨며 저승사자의 넋에 몸 흔들어 춤추는
바람,
　초겨울 갈라 터진 인내로 만추(晩秋)의 옷 벗는 소리 갈갈이 찢
어 치켜들고 있다
　낮게 드리운 구름에서 이별 닮은 눈꽃들이 입 다물고 있다

　2023. 11. 5

깁스의 시간 구멍 나도록

능선의 흔들림에 사리솝치 굴려 간다면
발가락 개수가 꽃잎 같다는 생각
비 내리는 거리에 시선 달구고 있다
기억의 전율도 이 아침엔
사거리 팔거리에 집착 길어 올리는데

고비사막 길들인 휘파람은 누구의 몫일까
명암 앞세운 별들의 신호음
대설소설(大雪小雪) 빚어두고 있어도
태고의 아픔 늘 젖어있다 바람 부니깐…

2023. 11. 6

입동의 틈서리에 저승꽃 내음새

메모는 좀비 되어 들을 건너고
억겁의 사막 접는다
하류의 한恨
어둠의 직사광直射光
기억 앞세운 손바닥에
미아의 초석礎石 각색해둔다

부서져 내리고
으깨져 딩굴고

윤회의 발톱에 낯선 지구
정글의 법칙으로 반역 꾀하고
바다의 초상화
파동波動에 구멍 뚫는다
밤, 토막나 있다
그리움은 기다림의 시작인가

2023. 11. 8

첫눈

침묵의 날개에 겨울의 대각선
중생대 메아리 찢겨있다고
쇼크하는 눈물이 놀빛 감싸며
지구를 포박하고 있다

어둠 딛는 각막의 손잡이
천년고독으로
점선의 사막 덮어주고 있다

어디로 가야 하나
구름의 가슴 숙명에 부풀어있다

2023. 11. 9

빈貧 그리고 탈脫…

아이는 바람을 그렇게 불렀다
아픔처럼 비껴가는 유언이
시간을 놀라게 했던 것이다
햇살의 이유가
냇물 따라 먼 여행 떠날 때

쑥꾹새 피 맺힌 노래
낙엽의 숙명으로 아미 숙이며
허겁의 놀빛으로
늘 푸른 계곡 달래주었다

사리의 명분마다
정토의 색조 염불에 적어둔다

아이는 다시
바람의 사막 기운 내어 부른다
몸져눕는 음악이
이슬의 언어 길들이고 있다

2023. 11. 10

소리 한 장 벗겨 들고 거리에 눕다

만족의 시작이 낯선 두려움에 조금씩
상처 내는 일이란 걸 꾸역꾸역
비구름으로 씻어 내리며
나찰의 시간은
경련하는 시선도 별빛이라 부르시겠지

멍석 덮는 바람인체 하다가
비문碑文 새기는 일상으로
낙엽의 무게 짓누르며
메아리는 또 11월에 뿌리 내린다

인고의 소프라노,
얼어터진 향기로 춤추듯
불금의 유령 걸어가며
해안선마다에 녹슨 시간 가려 덮을 일이다

2023. 11. 10

타조의 터널

반 고흐의 바닥에 떨어진 귓바퀴가 럭비공 되어 튀어 오른다. 치마 펼쳐 받으려는 구름의 속내 바람이 밀쳐버린다. 가을이 밀려나고 겨울도 밀려나고 새살 돋는 봄의 햇살…

세르반테스의 풍차 돌아가는 소리에 돈키호테의 무훈담이 무릎 꿇고 꽃으로 피어나 있느니,

애자씨, 그리고 문자씨, 또는 봉화씨, 홍화씨~~

내리 꼰지는 고독의 날카로움에 나비의 촉수가 헐거움으로 저만치 다가서고 있다.

잎분분 난분분, 낙엽 밟히는 소리가 아침 접어 책꽂이에 꽂는다. 님프의 피부가 재활의 럭비공 되듯,. 사막 덮는 진눈깨비가 귀 열고 시공時空의 벽을 도배하며 간다.

2023. 11. 11

거리의 사나이

기다림이 팸플릿 하단을 빠져나가고 타락한 겨울의 신호음에 트라우마의 별빛이 망각으로 부서져 내린다. 지축 기우는 소리가 눈꽃에 일기 적으며 머뭇거리고,

기억의 향기 찢어 바람의 축제마저 아픔에 잠식되어간다. 하류의 물살, 응고된 헤드라이트 사랑으로 암야의 가슴 더듬어 간다.

밤이다, 낮이다, 다시 밤이다, 응고된 새벽처럼 질주하는 눈에 사랑은 이슬 젖은 고독이 된다.

생경한 사막의 미라가 꽃으로 부활 되듯이 마중 오던 거리는 밤보다 피곤했나 보다. 가로등 전설도 구멍 나있다.

2023. 11. 12

깜박이고 있다

으스러지게 움켜쥔 암야暗夜의 손아귀에서 소리가 부서져 내린다. 어둠의 주근깨가 별빛이라는 착상이 시간의 잔등 떠밀고 간다. 기억 있는 곳에 물이 흐르고 바람 부는 곳에 향기 날리듯,

이별의 둔덕에 무지개는 아픔 길들여 무영탑 그림자에 눈물 쌓아 올린다.

두려움의 전생은 무엇일까. 즐거움은 내생이 옷고름 감아쥔 물안개로 승천의 꿈 가려주고 있다. 부끄러움은 없다. 오로지 존재의 두루마리에 퇴색한 이름 적어 넣을 뿐이다.

11월의 저 살가운 기둥에 비명碑銘 매달아두어라. 부서진 향기 꽃보라로 날리며 겨울이 저만치 곁에 와 서있다. 들을 지나 내를 건너 밀착하는 봄의 발자취를 잠시 그리움이라 불러보자.

이웃집 아낙의 야릇한 미소처럼 나그네의 구멍 난 버튼이 점프하는 우주의 발가락에 희망으로 재생되고 있다.

2023. 11. 14

사랑의 미적분微積分

눈 내리는 거리를 휘파람이 빠져나가고 있다
환생의 놀빛도 인내忍耐 감싸고 있다

꾹꾹 꾸르르…
눈물 찢어 꽃잎 한 점 얹어둔 능선의 전주곡,
계단 밟는 하늘에 겨울비 으깨져있다

봉놋방 옛노래,
어둠의 넌출에 별빛 잘랑거리고
압침 박는 힘살로 파도 녹여줄 일이다

바다의 사막, 미로의 아픔 닮아가고 있다

2023. 11. 14

눈꽃 없는 번지에 추락의 계절

별빛 떨리고 있었기에
어둠이 두려운 줄 알았다
햇살 잘라 꿈 덮어주며
바람이 이슬 흔들어준다

여름에도 한여름
능라 나부끼는
사념思念마다 놀빛 물들어있다

잎잎의 사연 멍들어있듯
파도는 암야 길들여간다

섬바위 울음마다
해안선 늘여
신기루 포박해둘 뿐이다

2023. 11. 14

수평 쌓는 빛의 세기 조준하시라

정수리에 어둠 내린다
사막의 침몰
미아의 건널목에 아픔은 꽃으로 핀다

찢긴 눈발 앞세우고 바람은
빛 싹둑 잘라 제단에 올려라

은어隱語들 지느러미
회한의 떨림으로
이슬의 승천 달래주는데

낙차의 고리가 명암에 눈 뜨고 있다

2023. 11. 15

물과 불의 조화

발가락이 미지수에 점막의 가시로
뿌리 내려 생각 비춘다
기포의 산란기가
덧니의 발상일 수도 있다
교접 재현시켜
전시하는 각서일 것이다
저녘에 쑥향 지펴 올리며
브루스는 무지개 멍들이며 간다
옷자락엔 이슬뿐,
어둠 잠재운 바람은
이방인의 아픔일 것이다
파도가 그렇게
연륜의 닦으며 되뇌이고 있다

2023. 11. 16

겨울, 인고의 숲을 보아라

질식하여가는 허공에 입 맞추며
개똥벌레의 분신 부서져 내리고
그늘 찾는 명분은
이름에 획 긋는 천사가 된다

어둠 감싸는 동안
사리舍利 닦는 늑골의 문안
이슬의 상단에 안개 지펴 올리며
시간의 분출구에 꿈 들이붓는다

따지지 말자
잎잎의 까무러친 향기가
기다림에 빨대 꽂고 누우면
낙조는 아침 빚는 미소가 된다

2023. 11. 17

근막筋膜

바이올리니스트의 긴 율동 진맥하면서
별빛 기억에 무릎 꿇는다
아픔은 있었다구요~!
메아리가 방랑의 먼 고독 덮을 때
유령의 눈빛 부서져 내린 수틀에서
메모리는 낙차의 비브라토 각색해둔다

홀씨의 망각
기다림 안고 날아도
육자진언六字眞言 글귀에서
바람결 덮어주는 이름에 잔주르는 꿈
「창조의 막대기」로 우주 받쳐들고 있다

2023. 11. 18

제4부

墨香 정예시집 · 타조의 터널

사르트르 실존의 해상도

어둠 밀착해가는 두근거림에 숨결 모으고
좀비의 날개는 고비사막 눈뜨는 신음 실어 날랐다
망사날개 얼어붙은 사연마다
숙명의 난삽 단근질해주는 시간이었다

낯선 그림자 숙명의 간이역에 뿌리 내리듯
바닷새 처량한 울음울음
절규의 향기 찢는 노래로
명암의 햇살 잘라 녹슨 소망 가려 덮는다

넋으로 바래진 홑씨가 뜬구름 되듯
망각의 날 세워 망향 읊조릴 일이다

계단 딛는 인내로 한숨 닦으며
이역만리에 눈 내리고
보리수나무 아래 천사의 기다림 적설로 길들어있다

2023. 11. 18

봇물의 체념

표류하는 지구를 별이라 불러보아라
이슬의 단면에 회한 베껴둘 일이다
산새의 지저귐 숲을 깨우면
천년 침묵 쪼개고 새벽이 아침 몰고 온다
수호천사 각성하는 눈귀마다
능라綾羅의 직경으로
밤 앞세우고 보초 설 뿐이다

무수리 가녀린 손가락처럼
지축 바로 잡으며
해저海底 더듬는 구릿빛 안색
벌가의 소망으로 꽃펴나고 있다

고독에 빨대 꽂는 아픔은 없다 아느니…
상고대 연장선위에 눈물
으깨져있음을 본다
숨죽인 해안선에 엎드려 입 맞출 일이다

2023. 11. 20

노천극장

　그냥 승천의 하늘에 깃 편 꿈이기를 기록해두며 바람은 물이고 싶었다. 언제부터 생각의 솟대에 잠자리 앉았다 갔는지 망사網紗의 이슬 닦으며 사랑은 둔덕에 서있었고 눈뜬 노송老松의 등 굽은 사연, 산새가 물어 나름을 고마워했다.

　아직은 타다 남은 재로 새벽 닦는 미아의 못된 연민, 시간의 갤러리에 압침 박으며

　브라보, 브라보~!

　안개의 베일에 기억 수놓는 천사이고 싶었다.

　아픔은 언제부터 아픔이었는지 벼루 위 흥건한 먹물 묻혀 밤은 어둠이라 적어두기를 즐거워했다.

　피라미드 앞 쭈크리고 앉은 스핑크스의 미소로 사막 보듬는 그늘은 걸어가는 뒷모습에 전율하며 해금 뜯는 허겁 모를 리 없건만 적설의 타락한 틈서리로 복수초 향기를 노랗게 웃었다.

　갑돌이와 갑순이~!

　그때 알바니아영화 「죽어도 굴하지 않는다」 라는 제목의 자막 으깨지는 소리 받아 적으며 그는 놀빛 부끄럼 지펴 올리는 것도 잊지 않았다.

　천사의 날개 부서져 내림을 눈꽃이라 이름 지어 부르며 숨죽인 윤회를 모듬회에 얹어둔 회한은 잔 높이 들었다. 기다림과 꿈은 그냥 젖어있었다.

　2023. 11. 22

숙명의 물목 건져 올리는 카스바의 목소리

그 때 귀신이 문을 똑똑 두드렸다.

"당신은 누구시요?"

"지나가던 귀신인데 하룻밤만 묵어갑시다."

"들어오시구려~!"

도깨비는 귀신의 관상이 보고 싶어졌던 것이다.

오체르크 밖에는 혼백의 머뭇거림이 보일 것이라는 무속마녀의 저주같이 비가 구질구질 내리는 그날 밤도 도깨비는 허깨비의 종아리에 방울소리 매달아두었던 것이다.

잘랑 잘랑 잘랑~~

"에구, 이게 무슨 소리냐, 귀신 잡아가는 소리 아닌감~! 애고~ 나 좀 살려 주…"

꼬리 빼는 귀신의 이마에 하얗게 질식한 초승달이 눈 딱 감고 있었다.

그날, 귀신이 달아난 그날 밤, 도깨비와 허깨비는 허울 벗고 신사와 숙녀의 별이 되었다. 하늘에는 갑돌이와 갑순이의 이름이 반짝반짝 별이 되어 빛나고 있었다.

"당신은 누구시요?"

"지나가던 귀신인데 하룻밤만 묵어갑시다."

"들어오시구려~!"

지구가 숨죽여 돌아눕던 날 지축 짚고 하품하는 어둠 속에는 다시 똑똑 문 두드리는 존재가 있었다. 그것은 도깨비와 허깨비가 다시 엮는 사막의 진실게임이었다. 아픔 둘러멘 사랑과 고독의 집착이었다.

2023. 11. 22

청상과부

물 먹으러 갔다 온 사이에 햇살의 날개에 이슬 매달려 승천하리라고는 생각지 못했다고 안개가 알려주었다. 산모롱이에 내려앉아 아지랑이 가물대는 시간은 그 뒤에 있은 일이었다. 좀만 기다려줄 것이지 라고 하며 바람은 술렁이는 숲의 설렘과 구름의 안녕에 목례 보냈다.

음양조화가 도출해낸 죄악의 뿌리에 눈 달린 연역추리법 엎어두면서 부푼 가슴 달래는 고독은 기다림 연마해가고 있었다.

「가신지 얼마라고, 삼년도 안됐는데…」

자정이면 소쩍새 우는 뒷산 그림자에 손톱 박으며 삼복의 별빛은 연민의 체감 떨었고 계단 딛는 자국은 속절없는 어둠에 입을 열었다.

미리내 저켠에로 팔 뻗는 항해의 순간을 숙명은 기억하고 있었다. 꽃 꺾으러 갔다 온 사이에 앙금 이는 세월이 지층에 얼굴 묻을 줄 누가 알았으랴.

자정의 머쓱함으로 냇물은 불타는 섬 식혀주기에 열창하였다.

「가신지 얼마라고, 그래도 참지는 못하지…」
낮달 흐르고 하늘에는 다시 구름이 울었다.

2023. 11. 22

목각표본

어둠의 갤러리에 머물다가 빛이 되어
사립 빠져나가는 바람의 꼬리를 본다
굼실대는 수평선에 입 맞추며
일상이 안경너머 사막에
닻줄 올린다고 생각해 보았나

툰드라의 밀어密語가
암장의 데모 각색해 가는데
눈물 받쳐 올린 떨림이
이슬의 단면에 지축 그려 넣는다

태엽 감긴 프로펠러 함성이라고 할까
아침은 왜 태양 밀어 올리는지
파도의 분만分娩 꽃펴내는
햇살마저 진실 펴 보이고 있다

사품 치는 수화手話의 가르침
늪지의 메탄가스에 산소처럼 불이 켜지네

2023. 11. 23

94

배뱅이굿장단

바람의 퇴색 깁스해두고
기다림 밖에서 날개는
천사의 휘파람이 된다

사슬너머 메아리
고목의 여윈 팔에
사막으로 머물다 가는데

윤회의 허를 찌를 때
이슬의 단면엔 기침소리

사랑으로 아침 길어 올리듯
향기 젖는 한숨의
눈물겨운 푸닥거리가 된다

2023. 11. 30

자가당착

소리가 어둠 베고 누워도
별빛 흐름엔
개똥벌레의 한恨 깃들어있다

보풀 이는 갈매기 노래
약조의 사막으로 부서져 내리고
아픔조차 보초 서고 있다

피안엔 정밀도...
두근거림 절단하는
반짇고리 그림자

숙명의 먼 바다가
돌아눕는 지구 감싸쥐고 있다

2023. 12. 1

메기의 도두라기

구멍 뚫린 늑골에서 흘러나오는 사리에 흠칫 전율하며 새벽은 밤
안개 움켜쥐었다.

숲길에 서성이다가 이슬 되어 내리는 숙지황 속내,

생경한 도시의 낯선 목소리는 생각의 넌출에 파도의 주름을 연
다.

햇각시 아롱진 미소가 숙명 수놓아갈 때 타락으로 굳어지는 망초
꽃 향기,

그 빛깔 닮은 한숨은 먼 구름의 옛 기억 그렸다 지운다.

저녘의 환생은 메모에 응어리져 깃 펴고 있을까.

2023. 12. 2

겨울비 속으로

전생의 원혼마다
혀뿌리에 각혈함을 보는가
아픔의 괴멸
빛의 무게로 적막
짓누른다
미소 펴 보인 신기루
툰드라 속치마에
우윳빛 감추어두고
바람에 누추의
기적 새겨 넣는다
천국의 꽃 한 송이가
사막에
깃 펴고 내리는데
언어의 지퍼
놀빛에
칵테일 묵인해둘 뿐이다

2023. 12. 9

재활공간의 미적분

퇴색의 옥상 어루만지며
바람 이르는 말
─그러지 말라니깐
연기처럼 멀어져가는
아쉬움으로
도시를 말아쥐고
먼지 낀 미소 누적해간다
오지에
피어난 작약꽃
축제 같은
안데스의 거친 길
각색해 올린
아침은 추워라
겨울 오시려는가
둘러보아도 그림자는
유머가 다슳어있다

2023. 12. 12

어둠을 잡아라

그림자가 늪지로 나간다
프로메테우스의
사슬 절렁거릴 때
기억 연소되어 가고

등 굽은 나무
별들의 데모
마고麻姑의 이슬 깨운다

싸리꽃 전설같이
날숨 쥐고 흔들어라
에메랄드 하늘
속곳 벗어
이 겨울 덮어주듯이

2023. 12. 25

방화벽

황천의 계단 더듬는 달빛 촉간
댓잎 이슬에 얼룩진 아침
각색해가고
미아의 찢긴 사연마다
둘레의 고독 꽃피워주네
새벽 흐느끼는 초침의 메아리
어둠의 자국마다
별빛 내리면
유령의 잔등에 하나 둘
신음 나부끼겠지
영하의 향기 응고되는 소리
불개미 짊어지고 가는데
소망의 난바다 긴 신음이었네

2023, 12, 27

점막의 새벽

완벽한 틈서리로 빛
슴새 들며 안개 흐른다
주스에 빨대 꽂고.
향기 바래져 갈 때
눈꽃의 언어
창백함 안고 울었다

해저 더듬는 가오리 날개
찢겨있음을 안다

놀빛 연유가
바람 꼬집어 넘길 때
사막에 뿌리 내린
유령의 씨앗들

대각선 너머로
회한의 별빛 골라
눈물 다시 싹틔운다 하네

2024. 1. 3

순발의 렌즈 너머

점프하는 묵상의 전주곡에 초점 맞추는 떨림 있다면 그것은 알파벳 잔주르는 고음부기호의 청잣빛 갈망일 수도 있다.

어둠에 기저귀 갈아대는 손끝에서 별빛 흐르는 동안만은 루머의 숲 흔들어 깨울 일이다.

절뚝절뚝, 쯔즘쯔즘, 까달까달…

겨울비는 기다림의 창가에 성에꽃 창백한 고독 오려 붙일 것이다. 낮게 드리운 하늘이 바람의 무모한 통증을 아픔이라 이름 지어 부르기 때문이다.

2024. 1. 8

적선 그리고 자가당착

생각의 낙차에 별 으깨져 있음을 스크랩해두며
글자들 기운 쓰는 소리가 눈 되어 밤을 덮는다
우스워도 참아야 하네
텍스트의 문 열리며 조율하는 높낮이
쏠로의 손톱 길어질 때까지
뒷짐 지고 서성이며 먼지 낀 역사 웃어야 하네

난삽의 등어리에
싸리꽃 돋아나는 숨죽인 진실
망사날개 들어올린 시간의 죄목답게
플라스틱 세상에 촉수 내린다
울어라 새여 반딧불 사랑 무지개 적시어주네

2024. 1.10

좌표와 그라프의 분계선

어둠의 부리에 물려있는 햇살은
눈물이 이슬이 된다
프로메테우스의 생간땡이
쪼아먹는 새들의 노래는
심야 너머
짓눌린 신음의 반역이다

협곡 찾는 어둠의 발상
그 엄청난 갈림목에
님프의 목청 찢어 깃발 날리는
점생의 좌표

비둘기 발목에서
굴러나오는 아침이
극지의 오로라 불사르고 있다
입 열리는 소리...
바다의 독백에 가리어 있다

2024. 1. 12

역류의 초점

시간의 자궁에서
입 맞추는 견적
절단된 호흡도에 돌기로
돋아나있다

초미세먼지 속으로
발돋움하는
밀도의 집합

산과 들에
코 고는 어둠
난삽
주렁짐을 탁본 찍는다

원심력 밖에서
어둠에
지구가 보초를 선다

2024. 1. 13

납품하는 파도의 분말

뉴스의 찌프린 현수막에 사랑개정안 계시되어 있다
주목되는 힘살의 넋, 개똥벌레의 밤 슬프게 한다
카타르시스에 웃음 각색해두고 진눈깨비 음성이
깃털 빠진 지구 감싸며 거리에 귀바퀴 세우고 간다
먼 해탈의 변주곡에 낱말 잃은 새 잠들어 있느니

2024. 1. 13

고독 슴새는 소리

모드 콜S는 종합 감기약
골, 골…
사랑은 아무나 하나
잎 펼친 잔가지 위에
하늘 멍들어있지

기침 깊는
시간의 정착역
손금에 향기 되어 흐르지

모드 콜S는 골, 골…
무영탑 그림자로
각혈의 미소에
놀빛 지펴 올리고 있지

2024. 1. 14

타향 닮은 갤러리

남양주의 하늘에 비가 내리면
겨울은 눈물 접어 새벽 덮는다
바람 펴 놓은 시간에
입 맞출 일이다
꿈 밖에서 기다림 서성이는
떨림 있거든
어둠에 주소 적어넣으라
먼동 돌아눕는 소리를
달팽이는 들을 것이다
터널 무너지는 굉음
고독 달래는 메아리의 입덧
상고대의 계단에서
낙차의 부등식이
옥잠화의 간밤 그리워한다
사막의 발톱 길어지는
메모의 가시마다
핑크빛 햇살 걸러두고 있다

2024. 1. 18

바람의 갈무리

초야 불사르는 손사래 그늘 밑으로 계곡은 물결쳐 갔다
시간은 자꾸 흐르고 기억의 뇌즙에 별빛 내리꽂힌다
나그네 거친 숨결에 황천의 넋 햇살로 부서져 내린다
어데서 왔냐 묻지를 말아
점막 드러나 있듯 멈춰선 곳이 고향이어니
이끼 낀 해골(骸骨)의 처방전에서 숙녀는 몸부림치네
앙금 진 눈꽃에 냉각의 향기 오려 붙인다
억겁 회한의 수틀에 눈물 수놓으며
꽃게의 집게발에 한겨울 몸살 떨게 하리라
오늘도 전설 닮은 네잎 클로버 자줏빛 이슬에 새가 난다

2024. 1. 24

110

여분餘分의 가능에 촉수아리랑

　충전되는 현대문명의 입구에서 간판의 돌기는 어둠의 칼날 집어 들었다. 라이브 아지트에서 메모리의 요실금은 눈꽃의 넋 잃어 가고 있었다.

　왜 나와 있어, 라고 따라 외우는 받침들의 활보에 옛 생각 솟아 올리며 아침을 빛으로 틀어막는다. 사명에 뽄드 붙이는 작업이었다.

　지평너머 저 멀리 맞춤형 재활전문 용어가 옷 벗는 드라마의 등어리에 숨결 모아 입덧 흉내 내고 있을 뿐이다. 도토리탯줄 감긴 사연은 일기예보가 넘보고 있다.

　2024. 1. 26

타향他鄕

어둠에 기저귀 갈아주는 이슬의 손 젖어있다
안개의 둘레에서 입덧하는 풀꽃들의 계단
염색된 시간 속으로 영양사의 돌기가
낯선 아메리카노 미소를 믹스에 갈아 넣는다
누구라 딱 찍어 말할 수는 없겠지 그러나
신음 짚고 일어서는 날숨도 젖어있듯
먼 고향 고비사막 이음새에서 새벽 덮으며
재활전문 술어의 맞춤형 전설이 아침을 부른다

2024. 1. 29

제5부

墨香 정예시집 · 타조의 터널

봄 오는 소리

어둠 갈라 터지는 틈 사이로 이슬이
몸부림치며 돋아나는 것을
아픔에 길 물어 가는 바람 있거든
안개의 각막으로 보듬어주시라

향기 심어둔 손가락으로
시공하늘 가려 덮으며
점생點生의 잎잎 감춰 둘 일이다
무엇이 빌라를 숨 쉬게 하는가

주춤 물러서는 기억의 샛길에
사막 눕혔다 앉히는 조율調律
나이테 파문마다
에메랄드 각성에 초점 맞추는데

가로등 파들대는 애꾸눈 언어가
새벽 선율에 향기 길어 올리고 있다

2024. 2. 1

114

날숨 부서져 내리는 수틀에서

고추 달린 성씨에 획 긋는 작업
시공터널에 입 맞추는 연속이다
오아시스에서 구름 건져내는
하늘의 이마 푸른 것도
삐걱이는 시간 낯설어지기 때문이다

점밖에는 또 점….
낭자의 볼에 별빛 나풀대듯이
미리내 출렁이는 메아리에
봇물의 과녁 힘살의 찰나를 비춘다

형이상 날개 잃은 시간
탁마琢磨의 섬돌 각색해두며
판도라 살진 가슴에 촉수 박는 것은

망각 너머에
죄와 악의 쑥스런 모습들이
미라의 먼 과거를 보듬기 때문이다

2024. 2. 1

믹스의 무게

고독의 섬돌에 어둠 누비는 노숙자
옆구리마다 안개는 구겨져 있다
귀두에서 빛살의 묵상 거머쥐고
씨나락 까먹는 메아리
낯선 계단에 깃 펴두고 있다
탁마琢磨의 현실 앞에서
무수리의 새벽도
눈물의 갈무리에 얼룩져 있다
굳이 해오라기 부리
소망에 꽂아둘 필요는 없지
부화되는 욕망의 실체,
빈자貧者의 아침은
먼지 낀 이방인의 하늘
비상飛翔하고 있다
체념의 카리스마
이별 서두르지 않기 때문이겠지
악수의 고리 잘랑거리는
미소에 사막 열릴 수도 있다 하느니

2024. 2. 3

입춘立春

시린 문턱 너머로 작은 발 들여놓는
존재의 발상엔 향기 감춰있다고
생각해 보았는가 느껴 보았는가
햇살 잘라 추녀 끝에 걸어두고
퇴색함 보듬는 순간이
홀로의 무지개 그려가는 선언임을
하늘은 푸르게 미소 짓고 있더라

훈향으로 다가와
성에꽃 주워 담는 시간 앞에서
바위는 벗겨 내린 계절의 어깨로
세월 받쳐 올리시겠지
하지만 망각 앓는 손아귀에
놀빛 비껴 지난 순간은
덩더쿵 춤추는 바람 되어 놀다 갔었지

아픔과 그리움도 그 속에 있었네
사막의 그림자에 풀꽃 심는
젊음이여 빛이여
그대 오시는 발자취에
사랑은 초석礎石 눈뜨고 있음을 알았네

2024. 2. 4

메기의 추억

매각된 향기에 구멍 난 적설의 함금량
다육의 미소 감춰둔 자정의 농단에
스마트 아침 빚어 올린다
무엇이 눈물을 아픔이게 하는가

이별이 사랑의 시작임을 각색하듯이
암야 다독이는 손끝의 향연
눈 감긴 대불의 입술에 꽃 피어있다

해저 더듬는 가오리…
그 연골의 아삭함 속에
숲 가려 덮는 전설 으깨져 내리며
지평의 이슬에 단속 꺼내 들겠지

녹슨 발자국에 꿈 솟아오를 때
스핑크스 야릇함 놀빛에 휘감겨 있다

2024. 2. 6

행심반야바라밀다시

어느 먼 고장 에돌아 가슴 찢어 보이는 것이더뇨
색 바랜 약속에 상고대의 주파수 흔들어 보이며
새벽은 바람의 연륜 떨며 만지고 서있다
기다림마다 솟대의 둔덕에 향연 조각해가듯
실각의 표정 깃 펴고 날아내리며 시간을 덮는다

어디 보자 다시 보자 다시 만지어보자
눈물로 잡아보는 기억의 끈마다 토막 난 사랑
능선의 아쉬움엔 비익조 우짖는 소리가
공허의 계단 수놓으며 하루를 각색해간다
눈 감으리 염불의 하늘, 꽃잎 밟는 그림자처럼…

2024. 2. 7

그믐과 설의 분계선

어둠의 주검들이 거리를 걸어간다
시체들 썩어서 물이 되고
에치투오가 방출해내는 메탄가스
다시 그 속에서 꽃펴나는 점화點火

카타르시스의 기슭에 머뭇거리는
손들의 집합이 사막의 심장에
오아시스 빚어 올리면
집념의 묵상들 둔덕 거닐고 있다

해묵은 계곡에 숙녀의 날이 밝고
대머레 총각의 하늘에 비, 비…
숨죽인 계율 흐느끼는 음색을
오로라 연륜에 빛살로 걸러두고 있다

2024. 2. 8

절정의 뒤안길에서

어둠 머물다 가고 바람 쉬있다 긴 자리에
시간의 각질 안개로 부서져
솔잎 지고 걸어가는 빈자貧者의 고갯마루
존재의 트라우마 숙명으로 다가서고 있다

꿈밭에 사랑 한 알 심어두며
넌출 뻗는 기상탑 일으켜 세우라
자줏빛 천사의 향기 부활되는 것인가

녹슨 바다 그 품에서
아픔 닮은 낮달 하나 먼 기억 비추고 있다

2024. 2. 10

집합

냇물에 손 적신 기억들이 도마 위 햇살로 잘려나간다
메아리의 용적은 손의 크기에 고요를 덮고
베갯잇에 수놓은 별들의 속삭임으로 노랗게 구워져 있다
사랑과 이별의 변주곡 사이로 봄이 걸어 나오듯
자정 딛고 간 자리마다 이슬이 향기로 망울져 있다
발가락에 발톱 달린 현실
타임머신 공간에 머뭇거릴 때
독경하는 연륜의 매무새, 아픔은 장단을 모르고
드르렁 코 고는 소리 안고 담 넘어 청포밭을 지난다
먼지 낀 뉴스에 실각의 메신저, 돋을새김 익혀 둘 일이다

2024. 2. 12

깜박이고 있다

꼬리 치는 여울에 생각 하나 꽂아두며
암야의 빛으로 환생하는 욕망
고비사막 민낯에도 눈발의 매무새는
퇴화된 지느러미 그려가고 있지

눈물 꿰어 그늘에 걸어둔
안개의 집념을 갱생의 미소는 모르지
미아의 사막에 기억 흐르고
열반의 개미 잔등에 하늘 업히어 있지

─이름은 무엇입니까
낮다란 바다가 거리를 씹는다
입술 사이로 피아노 소리 흘러나오듯이…

2024. 2. 13

또, 또, 또…

발톱 길어지는 시간을 잘라버리며
새벽 메아리는 바람의 귀
가셔버리기로 했다, 울고 싶었을 게다

쑥꾹새 흉내 내는 궤적 사이로
적막의 포물선
그 무궁한 사념의 종아리에
안식 묶어두었을 것이다

안개의 외곽에 눈은 내렸다
휘청이는 하루의 내연기관에서
타향의 뜬구름 한 송이
씹다 버린 비번 받쳐 올리고 있다

기억은 새…
종일토록 하늘을 쪼아먹고 있다

2024. 2. 15

창 너머 꽃잎 사이로 퇴색한 향연처럼

가끔은 잊혀진 보물단지의 숨결
진달래 무궁화의 넋같이
응분의 기다림은
건널목에 우두커니 서있는
이별의 섬섬옥수 전율케 했을 것이다

그러나 휘파람 불며 하류의 역설은 배꼽 드러난 현실 꽃피워주
지 않았던가, 명암의 기저귀에 사랑 슴배인 돋을새김, 사막을 귀
기울이게 하지 않았던가

드르륵…
다시 한번 찰방…

아픔의 이유가 깃 펴는
산그늘엔
그림자 널어 말리는 모습 보이지 않는다

2023. 2. 16

블랙홀 편전에 부화되는 가르침

직사광의 굴절에 메아리 싹트는 각본 적어가듯이 두려움 녹아 흐르는 것이 어찌 어둠 어루만진 작간이라 하겠는가. 물망초 좀먹는 입구에 입 맞춘 것은 기억 경직시킨 공간 부끄러워하기 때문이다.

가로등 너머에 암야의 댄스, 바람의 성씨에 휙 한줄 그려 넣어라. 구름의 안색 질려있는 것도 존재의 사막 신기루로 부서져 내리기 때문이다.

방치된 빙하의 향기가 재연되고 있다. 어디로 갈 것인가. 마고麻姑의 숲에 눈 내리고 미아의 이슬이 말씀 되어 손바닥에 꽃으로 피는데…

압축된 난바다의 연륜이 바위섬 어깨 죽지에 파닥이고 있다.

2024. 2. 16

바람의 탈 메모하는 동안에

밤에 내리는 봄비의 촉수는 찢기어 있을 거라고 여자는 어깨가 젖어 들고 있었다. 우산이라도 빌려 드릴까요? 말씀들이 거리를 활보하는데 물결의 높이가 바다의 크기에 시간 또로록 옮겨 적었다.

와불臥佛의 감긴 눈에 적막 꽃피어날 때 초침 뒤에 숨어있는 용기容器의 하늘 지켜보며 남자는 흠칫 떨었다.

발가락이 닮아도 아픔은 슬픔이지요. 숙녀는 아침 건져 올리는 싯다르타의 손을 상상하였고 연륜의 갈피에서 이슬 돋아나는 소리 집어 지구를 염색하고 있었다.

소록소록, 구질구질… 줄 끊어진 시선視線에 그루 박는 시늉 받쳐 올릴 즈음,

사랑과 이별의 촉촉한 만남은 약조의 계단 어루쓰는 암야의 체취를 새벽의 따스한 각질에서 벗겨내고 있었다.

2024. 2. 18

평행선

멈춰선 시간대의 넋을 지나
부엉새 우는 숲
기억은 향기로 보듬었다지요
잎새마다 세월의 흔적
허겁虛劫 꽃피워두는데
멀어져가는 그림자
낙루落淚 그려 넣었겠지요
아픔에 햇살 수놓는 숙명
일월성진日月星辰 미소 짓는
그 순간에도
무지개
다독이며 먼길 걸었답니다
레일의 대명사는
악수를 모르는 길손이겠지요

2024. 2. 19

128

남양주, 남양주…

바람이 이렇게 부는데 어떻게
가실까
라고 하며 걱정은
뇌성雷聲의 진눈깨비 사랑으로
시간 묶어두고 싶어 했지요
프리마의 추억은 따스함이었어요

다시… 만날 날 있을까요
아아, 이슬의 다님길
사나이는 또
놀빛 잘라 꽂아두기도 하겠지요

풍속 20메터/초
양손에 갈라 쥐고
하늘은 그렇게 복도를 거닐고…

솟대의 흐느낌
숙명의 팬데믹에 눈 뜨며
풍화되는 사막 곱게 길들이고
있었겠지요

남양주,
남양주는 경기도의 작은 도시

고국의 하늘아래 미소 짓는
플랫폼의 동네였답니다

2024. 2. 21

금빛 반장

남자는 초침을 그렇게 불렀다
입에서 피아노 소리가 흘러 나왔다
고향이 어디라고 했지예,
어쭙잖은 기억들이 나비 되어
빈방 감도는 동안
숙녀의 손등에 얽힌 핏줄을
영혼의 실리콘이라고
그는 착각하였다
목소리는 푹 삭아 있었다
아아, 햇살의 기슭에
싸리꽃 향기를 아시나요
빈자의 가르침처럼
아픔은 사랑 그리워했을 겁니다
각질 슴새드는 소리마다
그렇게 고독 불사르며
스튜디오엔 리허설을 각혈하여다
비올라의 흐느낌
숨죽인 놀빛에서 일어섬을 보았다

2024. 2. 23

천자문 배우던 그날

여자는 종아리가 섹시하였다
눈 내리느니, 바람 부느니
문자씨~ 라고 하며
사랑은 아픔에 그리움 타서 마셨다

무심한 건 아니었다
슬픔에 이슬 조각해둔 기억은
때늦은 아침 각색해두었다

숙명의 하모니,
그림자는 파도의 순간
기억하며 흐느낌 익혀두었다

눈 내리느니, 바람 부느니
꽃잎 다시 돋듯이
향기 돋는 그날에도 그는
긴긴 밤 밤새처럼 내내 울었다

2024. 2. 24

영혼과 케첩 탈출의 대화

대박 난 신대방에 대박은 없다
통닭 한 마리의 죗값이
경기도 남양주의 하늘 딛고
걸어온 그 흔적…
구름도 휠체어에 앉아
사막 건넜을지 모를 일이다

ㅡ조밥엔 당콩을 넣어야~
그는 이렇게 말했을 것이다

틈새로 뻗어나간 굴절이
어찌 어둠 노크할 수 있을지
성씨엔 적혀있지 않고
명암 받쳐 든 이슬이다

똑또궁, 똑도궁…
브레이크타임 톱날에 엊어둔
잘려나간 자리에
가분수, 서서히 움직이고 있다

2024. 3. 1

꾸냥의 귀걸이에 종은 울리고

그 이름 떠오르기만 해도 피아노소리 흘러나온다는 새벽, 최후의 순간까지 반야般若의 저널에서 향기는 기다림 들먹거렸다. 소리가 물이 되어 둔덕 넘쳐흐를 때 이방인은 구고정리에 입 맞추며 핑크빛 묵상 달래주었다.

잘려나가는 아픔이라기보다는 오로라에 깃 펴둔 무지개의 착상들이 햇살 싹 틔우고 있다고나 할까.

봄 앞세운 아픔은 꽃잎보다 볼이 먼저 붉는데 사랑은 아무나 하나, 멀리서 들려오는 우윳빛 메아리가 구름 너머 별 되어 황천의 유령 비춘다.

이별의 뒤안길, 산 첩첩, 물 잔잔, 음영吟詠의 회한回翰… 남루한 기억엔 아아… 천사같이 길이 계단 눕히고 있다. 어둠에 불이 다시 가물거릴 때처럼.

2024. 3. 3

인고의 내래이션narration

이게 뭐란 말인가 라고 하며 각질의 탈락은 딜레마의 사거리에 한숨 꽂아두었다. 사막의 신호등에 기억 꺼내 비춰 보이며 비올라의 흐느낌은 시간에 등 돌려버렸다.

새벽 한 잎 뜯어 풀피리 불며 어둠 노크하는 숙명의 엇센스, 안갯비에 몸 감추며 살어리 살어리랏다 메모의 연緣줄 동여매고 있으니…

아픔은 어디 그것뿐이던가. 해법의 휘파람 부는 동안에도 눈꽃의 자백은 차갑게 세상을 달래주었다.

불이 켜진다. 붓다의 내리뜬 눈 속에서 나비의 하늘이 깃펴고 내린다. 말미잘 촉수가 해저 더듬는 비밀은 그래도 바다가 파도의 옷깃에 적어두고 있다.

2024. 3. 7

낙수대落水臺의 메아리

안고령 아줌마의 하늘에 비가 내리면
바람 부는 계곡에 소쩍새 운다 하여라
양주역 18번 버스 안달 떠는 소리가
가인의 행적 찾아 숲길 달릴 때
등 돌린 그림자에 벌새도 따라 울었지

이슬의 단면에 무지개 비낀 동영상
그 속으로 숲길이 속곳 들어 보이고
녹십초 향연으로 기다림 잠재우며
바위라는 허겁虛劫 길들여 갔겠지

명암 노크하는 빈자의 손
숙명의 싸리꽃에 바래져 간다 하여라
안고령 아줌마의 비 내리는 하늘처럼
바람 부는 계곡엔 벌새도 따라 울었네

2024. 3. 13

제6부

墨香 정예시집 · 타조의 터널

빈방

안개의 주름치마에 꽈리처럼 매달린 이슬과 악수 나누며 밤은 소리없이 흘러갔다. 엉켜붙은 파도의 언어에 손을 베이며 사랑은 적도의 멀미에 입술을 댄다.

양손에 내리꽂힌 별빛 잘라내어 계곡에 깔아주며 시간은 황촉대의 아픔에 꽃씨를 심는다.

고독에 굳이 이름 새겨넣을 이유는 없다. 음영吟詠의 저널 딛고 가는 쓰나미의 넋에 전율하며 숙녀는 사내의 체취 그리워했다.

꽃게의 울음 주어담는 어부의 다님길에 황혼이 기울면 눈뜬 사거리의 통증으로 아침은 놀빛 각막 걸어두고 있다.

2024. 3. 13

착각 한순간에 속살 문지르기

능선에 미쳐버린 나무들 시각 사이로
개미가 걸어간다
반성의 오후가 바람에 길들어있다

마주 앉은 심기의 볼륨
눈발 되어 내림을 그는 즐거워했다
말미잘 촉수 감춘 메아리가

귓전에 물결치는
돌각담 속삭이는 소리

연화정蓮花亭 발꿈치에
옛말 연소됨을 아픔이라 부르며
그림자 앞에서
고독의 기다림 홀로 연마하고 있다

2024. 3. 14

빨갛게 다시 노랗게

쾅 닫는 문소리에 끼인 하루가
구름에 손 내밀고 있다는
착상의 편지
한 줄 메모로 창백해질 일이다

피노키오의 코 길어지는 순간마저 망각의 수틀에 기록되지 않
는다면 카지모도의 잔등에 혹으로 솟아난 난바다의 거센 부름도
풍화되는 미소로 곱게 미소 지을 것이다

내리감은 붓다의 눈까풀이
기다림 쥐고 흔들 일이다
멀리 해안선 감도는
별빛 난무가 새벽 노크하듯이

아침의 제단에 작별의 인사는
눈물의 향기로 이슬을 깨운다
고독의 씨앗
침묵 그려 넣을 무게가 될 일이다

2024. 3. 17

이슬의 단면에 촛불 하나 켜 들면

낙상의 수위에 시동 거는 주름마다
숙명 적어넣는 법 외우고
남극대륙 펭귄의 긴 흐느낌이
빙하의 기억 불러 씨앗 각색해가네

적막 옻칠하는 암야의 속삭임처럼
나부끼는 개똥벌레의 한恨
지구의 이마에 별 되어 떠있네

환생하는 모란의 꿈이여
향기에 잠들어 있어라
못 잊어 부르는 능선의 고독 앞에

사랑이여 이별이여 울다가 웃으리
광야의 미소가 지친 숲길 잠재워주네

2024. 3. 18

이 녘의 부름에 레벨 맞추기

돌아눕는 파도의 돌기에 시간을 접는다
남루한 진실이 날개에 뿌리 내리고
옛 기억 찾아 먼 길 더듬는 아침은
파노라마의 둔덕에 햇살 꽂는다
휘파람 깁스해 올린 미아의 손톱인가
고분古墳벽화 풍화되는 소리마다
나트륨 닮은 망각의 고개 쳐들고 있다

2024. 3. 19

진달래

바람의 상단에 냉각된 진실
싹둑 잘린 강물 속으로
스며들지도 모를 일이다
초침의 반역
고독의 단추 벗겨 내릴 수도 있다

회한과 누淚, 또 포기의 각서…
그러나
각막의 속살
돋을새김 측량하는
무수리의 손가락 핥을 것이다

<이물질 투입 금지>…
봄인데도 스톱~!
짝사랑 닮은 안내문이
혀 빼물고 볼 붉히고 있다

2024. 3. 25

질주 그리고 스피드의 확률

해가 지고 나면 지구의 괴성이
와불臥佛의 눈 젖게 하지
그 발상의 꽃잎에
미륵의 아침도 슴배어 있지
암야의 발톱 싹튼다고
들판이 가슴 두드리며
억겁 공허에 비상飛翔 잠들게 하지

몸살 앓는 시간이랄까
사념思念의 촛불
윤회의 고독 춤추게 한다
점생點生의 순간마다
오로라의 일상들
사막 줄지어 걸어가게 하지

생경함이 다시
지구의 비명 꼬집을 때
왜 불렀을까, 길이 멈춰서 있다

2024. 3. 27

유토피아에 눈뜨는 새벽비처럼

아픔의 날개 구멍난 것을 본 적이 있다
기다림 슴새 나오며 물결쳐갔고
사랑은 주름치마 거머쥐고 서성거렸다
적막강산 그 어디에 고독 묻어야 하나
퇴색한 이름에 입술 포개 얹으며
숙명마다 눈꽃으로 부서져 내린다

자줏빛 귀퉁이로 걸어가는 당신
플랫폼 표정의 난삽으로
억겁 별빛 보듬는 넋의 부름
스마트 아침에 천년지애 묵새겨가리
동년의 하늘 푸들어가는 삶의 노래여

고인의 그림자에 이슬의 단면 비끼어있네

2024. 3. 28

흙내 한 줌에 입 맞추어 보아라

부활되는 뉴스의 입구에서 슴새 나오는
하루의 농도가 미세먼지를 비 젖게 한다
평범하지만 간헐천 숨 가쁜 메아리가
다시 하나 둘 셋 빅뱅의 순간 캡쳐해 간더

일상의 매무새로 상고대 가려 덮는
섬섬옥수가 아코데온 건반 위를 걸을 때
어둠 연소되는 환한 기억들의 향기…

모락모락 피어오르는 미륵의 미소처럼
억겁 바위의 굉음 빛으로 주름잡는다
퇴창 열린 합수목에 부용의 넋을 묻겠지

간병사의 죄목, 봇물로 부화되는 중이다

2024. 3. 30

엑스레이 감염의 웨딩홀을 걸으며

낙엽의 실마리에 바람 한 올 그려 넣는다는 건
신들린 영혼의 빛나는 순간일 수도 있다
낮달 흐르는 하늘에 옛날 솟아 올린 행적도行蹟圖
피상의 넉넉함에 긴 하루해 헤아리는 따스함이다

지키지 못할 약조의 넌덜머리에 자줏빛 여한
너럭바위 틈서리에 꽃으로 내릴 것만 같아
초야의 안개마다 이슬 휘뿌려 새벽길 닦는다

발걸음 떨어지지 않는다 말하여 보시랴
햇살 한모금에 미소 한자락 지어 보이는 것은
행복해서가 아니라 즐거워지기 위함임을 울어라

계단 내리는 부처님 발바닥에
초석礎石의 놀빛 끈적진 숨결로 묻어 있다 하느니

2024. 4. 6

케어care 하는 흑색 토요일

기억 젖은 떨림의 머리칼 사이로
향기로운 어깨가 빠져나간다
누드의 달빛
해안선 가려 덮을 때
점막에 새겨진 거리의 수줍음
개똥벌레의 밤 연소해가겠지
어둠 너머엔 별…
사랑 한 접시 받쳐 들고 있다

싯다르타의 가르침이런 듯
봄날은 춤추는 부나비
윤회의 구멍에 이슬로 돋아나 있다

2024. 4. 9

4월의 멍석 그 너머를 알현하던 날

혹암 뚫는 헤드라이트 집중력에 초점 맞추며
그는 꽃잎에 향기 감싸고 간다
그리움보다 먼저
기다림에 계절의 언어 각색해두는 것이다
구름 흐르고 하늘 비끼는 것은
순도에 전생에
빙하의 밀애密愛 입 맞추며
발가락 끝에 녹색 각본 싹트기 때문이다

창 열린 너머로
자꾸 시간 주춤대는 것
그것은 낯익은 기억들이 범생凡生의 흔적 안고
묵묵히 세월 닮든 고독 달래주기 때문이다

2024. 4. 11

섹션section 브리핑

비 내린 도시의 끝자락에서
탁마琢磨의 꿈자락을 본다
실향失鄕의 공간마다
능선에 별빛 꽂으며
먼지 낀 고독 꺼내 닦는다

아픔 멈춘 넋의 부름
사막의 탈주곡이여
신기루에 입술 얹는 숙명
각색하는 눈부심이여

향기 접어 눈꽃 피운
바람의 세기에 회한은 없느니
접착의 이름 앞에
사랑은 불면의 무릎 꿇는다

2024. 4. 12

사향思鄕

시나브로 자취 감춘 홀씨의 흔적들이
천년바위 주름에 벽화로 새겨져
풍화風化되는 세월 설레게 했을 것이다
신새벽 뭇새들 노래가 왜
영혼 부르는 망자의 이슬인지는
개화되는 죽음만이
미소를 눈뜨게 했을 것이다

기척의 손끝에서
최후의 만찬이 이별을 즐겁게 한다

여울소리에 아픔은
기다림 얹어두었을 것이다
삼복의 무더위가 왜
지구를 땀 흘리게 하는지,
이방인 눈동자에서
안개의 옛 고향 그려보였을 것이다

2024. 4. 14

나타샤여 미소 좀 빌려다오
－나는 그를 이렇게 불렀다

신단수 기슭에 묻힌 단군의 착상을
구멍 뚫린 왕검이라 하지 말자
사막 끌고 가는 포물선이
커피 한잔으로 감사일기 적으리니

놀빛 깁스해둔 기다림은
태엽 감는 그림자일 수 있다

아픔의 촉수가 무엇이냐 묻지 말자
남루한 하늘이 내려앉아
눈물 찢긴 천사의 향기가 된다

점생의 하루 싹둑 잘라
오로라의 내생에 펴드릴 일이다
환웅의 숨소리 거머쥐고
쪽빛 귀퉁이 살짝 들어 올릴 일이다

2024. 4. 15

아침 그 에너지에

파도의 주름에 입 맞추던
날개의 흐느낌처럼
바다는 고요를 지켰다
안개 찢어 이슬 빚던
숙성의 존재가
여한 받쳐 올릴 때까지
별빛 깔아주던
자정의 떨림은
새벽을 사랑이라 하느니
사막에 주렁진 내일도
가던 길 돌아서서
립스틱의
환영幻影 잘랑거릴 뿐이다

2024. 4. 16

피안彼岸 그리고 팝업의 창 너머로

지금은 오케스트라 풋풋함에 봄 찍어 드신다 하여도 겨울 멀어져간 그림자는 잊지 못하지. 밤이면 기억에 속살 묻으며 아메리카노 진한 향으로 가슴 부풀려 가지.

바라볼 수는 있어도 범접 못 할 도고함으로 오리온 어루쓸던 섬섬옥수도 파도 집어 들던 그 전율을 환영幻影으로 도배하여 가지.

그러나 아아, 시방 또 따스한 향기에 햇살 잘라 얹어둔다 하여도 연민 밀려간 해안선을 바다는 상상 못하지. 사랑은 이별의 날개 서러워하지.

<곁에 있어도 늘 그리운 그대…> 라는 노랫말 여운에 별빛 새겨넣으며 옛 노래 신나게 부르지.

황촉黃燭 녹아 흐르는 세월 속으로 숙명은 부리 고운 노래로 제어되어있다. 유행가처럼 아픔은 언제나 준비되어 있는 날새의 파닥임이지.

2024. 4. 17

가시 찔린 시간 잘라내면

비 내리는 파도의 힘살이
비워야 채워진다는 가르침으로
바다의 넋을 빚는다
끈적진 드라마처럼
젊은 고독 불 밝힌 나날은
햇살 받쳐 올린 순간을
사막으로 길들여간다
지구의 나이가
그루 박은 샛별이 된다면
향기 찢긴 눈꽃은
바래진 영혼들 낙루落淚가
에메랄드 먼 기억
내내 시샘 내기 때문이다

2024. 4. 18

나무계단의 해탈

사각지대 몸살 앓는 알레르기가 뉴스의 상단 노출시키고 응분의 햇살 쪼아 문 부리에 숙녀의 비가悲歌 이슬로 돋아나게 한다

결단의 실마리에 제스쳐의 순도純度 떨리게 하는 마스크의 전생, 발열의 호흡도를 낯설게 한다

텔레파시의 부등식,
알뜰폰 순간을 계좌로 액땜하듯
선사禪師의 정착지마다
허전함에 꽂히어 있다

단말기端末機의 속주름 밀애密愛 장착하여 가듯 고독은 아픔 수련시키는 천사의 찬란함이다

2024. 4. 19

구리거울과 어머니 어머니…

간절함의 끝자락에 놀빛 녹아내리는 소리
기억 멈춘 자리를 원점에 돌려세운다
차마 두고 못 가는 자국의 여한마다
나래 접은 산자락 성에꽃으로 가리어준다

방울방울 황천의 이슬 흔들어 주시랴
함께 부르던 동행의 봄노래
상고대의 귀향길에 구름으로 걸리어있네

인연의 포근함 바람에 볼 부비는 사이
쥐었다 놓는 안개의 속주름
추억 비끄러매어 허공을 달랜다

일월성진 잘랑대는 메아리 속우로
어찌 꿈 자취 숨겨둘 수 있으리오
불효의 시간대 별빛 솖는 떨림마지
파초의 넋으로 시린 계절 덮어주고 가네

2024. 4. 20

디텍터리directory의 귀환

과잉서비스의 발목에 규제의 손톱자국 드러나있다
실각의 수집정리엔 정보유출 점화되고 있다
AI개발에 장착될 수 있는 데이터실험
조명을 어떻게 사용할지가 백신에 꽂히어 있다

도시의 굉음이 지구를 몰고 우주를 달린다면
적어도 시각의 교차로에 퀴즈의 렌즈는
주말밤 뉴스에 꼬리 감쳐 매지구름 노크할 것이다

시간은 죽기 직전이라는 사각지대의 예언보다
자막이 음악으로 부서지며 첨단의 새벽을 연다
숨구멍에 빠진 것은 입맛 덧쌓는 날씨의 향기뿐이다

2024. 4. 21

하오夏午의 그림자

잘 다듬어진 날개의 표절로
공간의 진술 받아 적는다
부풀린 소망의 불완정
낮빛의 가능에 도전 던지고

연소되는 용기容器의
살 섞는 거리 두기가
허상의 목격 추적해간다

부착된 바다의 출시~!
공사장 알레르기마다
투영透映의 계단 닦는데
편집된 언어가 글자 바꾼다

바람 건조 시킨 전율
미소의 담담함이
햇살 건져 펴 보이고 있다

2024. 4. 22

유머의 그늘 밖에 손 내밀며

　그는 사랑과 이별을 컨트롤해야 한다고 외래어로 야싸하게 말했다. 이 순간만은 센트럴로 각인될 것이라고 또 외래어로 그루박았다.
　이쯤 새로 슴새 나오는 갈망의 오르가슴에 불 달린 것을 감내하면서 밤비 내리는 사막의 몸부림 지켜보기도 하였다.

　꿈이었을까. 갈증의 뿌리가 구름에 빨대 꽂을 때 나들목에 속곳 덮는 착각은 깃발 높이 추켜들었을 것이다.
　굳이 필요한 것은 아니었다. 상행선 하행선 사이에 환승역 하나 끼워두며 보리알 같은 세상사 웃을 수밖에 없었던 것이다.

　눈꽃 질려있는 것도 향기가 <브라보~!> 꺼내어 하얗게 보듬기 때문이었다.
　유령의 잠꼬대~! 그리고 착시錯視…
　해안선 감아쥔 지구는 지금도 연륜 싹틔우는 햇살로 조금씩 겉늙어갈지도 모를 일이다.

　2024. 4. 24

제 7 부

墨香 정예시집 · 타조의 터널

이사 드는 날

병에 담긴 수소분자의 핵核 속으로 산소가 빨려 들어간다. 창밖에선 제 이름도 모르면서 절로 피어나는 꽃향기가 바람을 춤추게 한다.

이슬 속에 안개의 전생 깃들어있고 언어의 씨앗이 밤 눈뜨게 하듯 새벽의 터치엔 손가락 떨림이 있다.

자유에 촉수 젖히는 기억의 자화상, 구름을 낮게 드리우게 하며 순도의 입술 파도에 실어 보낸다.

사랑은 원죄原罪의 근원인가. 바벨탑 정상에 별빛 밝은 것은 회한의 질투가 청동거울이 되어 암야를 오래도록 비추기 때문이다.

2024. 4. 25

끈을 잡으라 하물며 너는

아지랑이 촐랑대는 기다림 속으로
빛 옮겨 담는 가슴 있다고
눈꽃 부서져 내리며
향기 찢긴 이 밤 전율하진 않으리
이별에 눈물 심어
사랑 꽃피울 수 있다면
숙명의 설렘으로
소망 한 올 잠재우진 않으리
사막의 문전에
미소 짓는 어둠 보았나
냇물의 집합 집 앞 지날 때
무지개 춤추며
눈뜬 가리비의 진주로
옛고향 그 노래 닦아주겠지
별 되어 마주 보는 이야기
멀리 있는 몸이길래
억겁億劫 각색해가며
바다의 회한 파도에 잠재워두네

2024. 4. 27

먼지의 고향

별빛 흐르는 언덕 위에 앉아 세월은
멀어져가는 사념思念 내처 불렀지
남루한 기억 우두커니
지켜선 그림자 있다면 그것은
이슬에 고독 싹틔운 노래의 한恨
돌아보는 놀빛 잠재우며
눈썹 고운 밤 싹둑 잘라
사랑으로 숙명 덮어주겠지
어젯날 속삭임으로 곱게 웃으며
부엉새 우는 사연 길들이는
흐느낌이여 아픔이여
금잔디 잔등에 그 입술 부비어주시랴
흩어지는 넋의 부름
퍼져가는 바람의 파문
소망은 피 묻은 시간 읊조리나니
시공時空의 흔적이여
오늘도 명암明暗의 기슭에
성에 낀 망향望鄉 또 하나 보듬어보네

2024. 4. 28

4월의 갈무리

어둠 돌려 눕히는 소망의 손바닥에
이슬 점 박혀 있다 바람의 난삽으로
기억은 또 투석透析의 시간 고른다

분꽃 표정에 공백의 미적분微積分
재활 걸어 나가는 힘살에도
실향失鄕의 그림자 볼 붉히고 있다

망각의 각성
뇌성雷聲의 울림으로
낮은 하늘 받쳐 올리며
집합의 여백에 지구 한 알 부활시킨다

2024. 4. 29

각설의 나이테에 황촉 켜 들고

소망의 세포마다 내리꽂힌 향기를
능선의 점막에 옮겨 심어라
그리고
꽃망울 핥고 지난 바람의 옷자락에
그리움 잘라 깃발 나부끼게 하라

밤비가 숨죽이며 다가와
속삭이는 건
새벽하늘 향한 고갯길에 또
기다림 쏘아 올려
아픔이 별 되게 하기 위함이다

사모하는 가슴에 불 밝혀두어라
상기도 립스틱 문전에
휘파람의 여유 서성이는 건
저버린 첫사랑 그 이름에
세월의 먼먼 흔적 녹슬기 때문이다

2024. 4. 30

빈 잔

어둠 기울여 이슬 받쳐 올린 안개의 두근거림이 산하의 붉은 가을 그 허리에 입술을 댄다. 케어 하는 떨림이 별빛 우러른 멜로디로 꽃 필 때 탕비실 발자국 소리는 몽설夢泄하는 기억을 시간의 폐허에 꽂펴나게 할 것이다.

수호천사의 손톱눈에 말라붙은 매니큐어 딱지가 새벽을 실성케 한다. 아침의 포피에 드레싱 하는 숨소리마저 햇살 부서져 내리게 한다.

말하여 보시라. 상징 천만리, 이역 추녀 끝에 다가서는 것은 가 버린 허영許英의 부름, 전생의 뉘우침마다 파돗소리 주워 담는 소라의 공간이 된다.

사랑에 고독 타서 마셔도 짐짓 노자老耉의 행각行脚 그 자체일 따름이다.

2024. 4. 30

생명예찬

슴벅이는 방선을 새가 쪼아 물고 있다
물상의 카테고리가 아이러니 눈확에
고여오는 어둠의 성깔같이
망향 드리우고 있다
이제 또 혼불 슬며시 눈뜨나 보다

모본단 이불에 저승꽃 숨결도
모란의 기운으로 춤추며
차 한 잔의 여유에 명상 받쳐 올리는데

잎의 푸른 그림자 속으로
계절 따라 걷는 삶의 터전
못난 하루 꼬집어 파도 일으키며
옷 보, 옷 보… 목청 찢는다

돌아서는 지구의 발길에 낙엽 걸채어도
일월성진 멈춰선 그 자리마다에
내시경 그 이름 별 되어 반짝이고 있다

2024. 5. 1

주차된 폭주暴酒의 개봉改封 앞에서

붕괴된 미팅 주워 모아 기억 액세스할 수 있겠는가 하는 우려가 무지개 깁스해둔 두근거림이다. 표절의 논란에 평화 각색해가는 작법은 어이없는 일이다.

누가 걸어오고 있는가, 지금 안개 낀 숲길에 이슬 정제되고 있는데 사랑의 보수작업이 불 켜 든 개똥벌레 파닥임에 영하의 공백 표백해간다.

스핑크스의 미소가 소스 바른 사실, 피라미드 속 후푸의 손바닥에 적히어 있다. 바다와 사막의 차이가 파도 이는 비사祕史의 무게 짓누른다.

신호대기의 심호흡, 마고의 하늘 놀빛으로 받쳐 올릴 때 출항불가의 어선 장착음 눈꽃이 향기로 어둠 낚는다.

왜 주춤대는가. 바람의 폭력이 구름 질리게 하는데 명암 제어등制御燈이 지구 한 알 꺼내어 연기緣起 싹틔워간다.

2024. 5. 2

169

나방의 일식

비구름 지나가는 동안 주차로 주변의 공감대가 숨죽인 출입구를 슴벅이게 한다. 예상 감수량에 흑점 둔 금리 인하가 뉴스의 하단에 그루 박고 있다.

지자체의 혈소판 포장에 알람은 휴진상태를 체크해 두지만 라이라크는 향기의 눈짓에 웃음 꽃피우는 것 잊지 않았다.

빠져 나와야 한다. 이변異變의 하늘 쏘아 올리며 주사위의 자제 행위를 디자인해야 한다. 탱글탱글한 광어회 한 접시가 식탁 마렵게 할 뿐이다

탑재되어있는 축제의 주검 속에서 환생의 용도가 전생에 청산의 빛 낚아 올리고 있다.

그리고 또 미륵의 손바닥에 물 되어 흐르는 시선마다 역상曆象 펴들고 리비도 걸어두고 있다.

케어 하는 아픔에 시간을 넣으라. 고향은 멀고도 가까운 눈 그 향기에 찢기어 있다

2024. 5. 3

지평에 놀빛 한점 얹으며

눈 내리는 그 길을 하얗게 웃으며 걸어갔었지
눈물 으깨진 거리를 꽃으로 덮으며
향기에 가려진 세월의 흔적 잊지는 못 하겠네
외로운 밤 곱게 접어 기억에 얹으며
천사의 그 이름 암야에 별빛으로 새겨두겠네

바람 부네 바람이 부네 안갯빛 고독 안고
순간을 흐느끼는 황촉의 그림자
그리움 지새운 소리마다 오죽헌 허리에 맺혀
애처로움 나붓거리네 사랑 얼룩져 있네
찢겨진 멜로디 보듬으며 먼 하늘 우르르겠네

눈 내린 그 길을 하얗게 웃으며
꿈인 듯 잊힐 듯 황혼 덮으며 가야만 하겠네

2024. 5. 4

<토네이도>라는 레스토랑에서

용오름에 그런 이름 붙은 것은
바다 건너 언어들 엄습이
적막 응시하기 때문이었다
초여름에
휘파람이나 불다가
머쓱해진 담담함 흐르는데
발레의 시간
확률 못 박아두기 때문이다
두 번째라 했나요?
구멍 난 사랑
무지갯빛 순정에
등탑 되어 사막 비춘다
창窓 두드려대며
피랍의 공간 싹틔우며
미팅 틈서리에서
놀빛
신단神壇에 달아오르고 있다

2024. 5. 5

다님길 언덕에 팔 걷고 나서다

계선 보이지 않는다
마우스는 아픔에 깃발 꽂는다
생각의 초보 행적
수수깡 전설 조각해내면
소통의 공동체 역할
추억에 복구방송 걸어두고 있다

2024. 5. 6

뉴스에서 흐르는 시를 만져라

바다로 나오니 아이들은 더욱 신났다
파도의 간질임이
독단의 하늘 잘라 찰방거릴 때
시간의 억제 속으로
이벤트 숨소리 난류에 자취 감춘다

토네이도 날개 너펄거리며
수평선 멀리에서 춤추고 있다

어디 보자 어디 보자
소라의 귓구멍에 간직된 소망같이
놀빛 오는 실리콘 발걸음에
허무의 벽체 부서져 내리고

강풍의 신질서가 침수된 지구를
정글 숲 너머로 차츰 굴려가고 있다

2024. 5. 6

이별의 패러독스

비 내리는 거리를 걸으면 슬퍼지지 않는 사람이 어디 있겠는가,
눈 내리는 거리를 거닐면 그리움 덧쌓여 하얗게 바래지듯이,
   그러나 나는 비 내린 거리를 하염없이 걷고만 싶다
   사랑이여 왜 슬픔이냐 묻는 이가 있다면
   저 먼 별나라 높은 산정에서 밝은 빛 하나 힘주어 나를 부르기
때문이라고 말하여 주리라

   어둠 헤가르며
   가도 가도 닿을 수 없는 곳이기에
   가로등 밑 비 내린 거리의 아픔을 바장이며
   나는 오늘을 울지
   매화꽃향기 매운 겨울 달래어준들 어떠리
   눈 내린 빈 들에 눈물 또한 향기 찢어 흐느끼나니
   지난 세월 발자국에 천사의 모습 떠올려보네

   비 내리는 거리를 거닐면 슬퍼지지 않는 사람이
   어디 있겠는가,
   비 맞으며 우두커니 가로등처럼 기다림으로 세월 길들이며 사
향思鄕의 멜로디로 길게 울다가 잠들며 웃으리

2024. 5. 6

허許

고공행진 하는 생각의 콤플렉스
명암 헷갈린 실록의 진술에
폐가 된 제안 검문하고 있다
미증유 법칙의 입자들
휘발의 가능 열어두고 있다

탈속의 기준치
논란의 전망 규제하지만
개정안 정밀도에
사이트 배경음악이
예고 없는 해안선 멍들게 하지

추측이 범람 녹슬어 있다
태고의 주름 사이로
여명黎明의 난파선 밀물져오고
해일의 농도 측정해가지

속곳 걸어두는
섬섬옥수 그림자에
먼 바다 신음 날개로 나울거리지

2024. 5. 7

념念

아이는 풀 죽은 시간 깨워주는데
겨우내 고삭아 버린 풀들이
한낮 코 고는 소리 베고 누워
폭우 내린 동영상 깨우고 있다

물 마신 모서리 자위自慰가
묵인하라 묵인하라 소리치며
바람에 립스틱 열어두고 있다

작년에 왔던 각설이가
죽지도 않고 또 찾아왔구나
문 열리고 있네 드르륵 드르륵

2024. 5. 8

오월의 산실産室 앞에서
-바람의 브리핑에 덧붙이며

해상도의 축제로 시간 주름 잡으라
으깨진 진실 공감의 미적분
강시僵尸들 깔락뜀 일으켜 세우는데
꽃분분 난분분
어둠의 단면에 햇살 각인해가면
점포 밖 말방울 소리
그리움 각혈하는 미로가 된다

반전의 이슬에
바벨탑 괴성 쌓아두고 있어도
사랑은 맨발의 청춘 껴안아 주네
무지개 재활시킨
해안선으로 난바다 잠재우면
그림자는 훈향으로 다가서고 있네

2024. 5. 8

독백의 매니저 그 손바닥에

분명한 건 견적의 신호마다
아픔 감내해야 한다는 것이다
날개의 불안에 노출된 사태
흔적 뜯어 붙이는 작업이다

감각 밖으로 캡슐 젖어있다
어둠 진상하는 흐느낌
막걸리 한잔 빚어둔다면

청상과부의 음률
언술言述의 숲길 따라
열대의 사막 지켜보고 있다

넌지시…
별빛 요인에 또 벌레가 운다

2024. 5. 9

잎새의 망향望鄉

암류의 옆구리에서 튕겨 나오는
아픔 한 쪼각에 일기 적으며
별빛 멀어진 그대를 부른다
센티멘탈의 사랑이여
향기 찢겨
눈물 흐르는 작업이
영하의 꽃잎으로 기억 감싸느니
파도의 복막에 간직되어 있는
숨죽인 흐느낌으로
바람에 귀 기울여
잠들 일이로다
산이면 산 들이면 들
잔 속 진로의 삭은 숙명으로
세월 얼룩져 가느니
핏빛 사막 춤추듯이
밤 너머에 귀 기울일 일이다

2024. 5. 9

반야般若에 햇살 넘치듯

나무는 오늘도 생각에 잠겨 있다
숨죽여 스쳐 가는 행적 따라
갈비뼈 뽑아 든 어둠이
새벽 노크할지도 모르지 않겠는가

눈 내리겠고
강풍이 고요 말아쥐고 스적스적
뉴스에 피 토해낼 아픔
진화된 진실마저
광야의 연륜에 숙명 각색해간다

공백의 휴지부
탁 내리치는 번갯불에 동강 난
미륵의 이슬로 남아줄 것이다
바람 잦은 시간은
생각에 잠겨도 늘 깨어나 있다

2024. 5. 10

인생

시간과
공간의 교차로에서
지구가 달려간다
먼데서 손 저어 부르는
별들의 아우성
다급한 난파선
똑딱거림에
어둠이
아픔 한 올 받쳐 들고
빛을 고른다

2024. 5. 11

또 다른 지구에 나는 깨어나 있다

딜레마의 추녀 끝에 안개비 망설이는 사랑
낙숫물 갈래에서 기억 목욕시킨 구간을
통제하고 있다
간추린 계시에 황사 앓는
피안의 안색으로 악수 내미는 속도
그것을 안녕이라 불러야 할 것인가

새소리에 무지개 걸어놓은
젊은 날 보랏빛 향기 갈고 닦으며
낙마의 청춘 떨며 적는다
돌아서는 사이버 언덕길에서
이정표는 파도의 주름 움켜쥐고 있는데

메아리의 끈 드리워있다
낯선 도시의 거리에서
숙명은 다시 이별의 소나타 각색해가고
비나리, 비나리,
공전의 망향 안고 시간은 망각을 부른다

2024. 5. 11

덧 그리고 황사黃紗의 멜로디

끝도 없이 밀려오는 고독의 실체에 피안의 별빛이 세상 각색해 가고 바람 꼬드기는 상사화 꽃잎이 콧노래에 이슬 달아두고 있다.

바로 설 수 있는 것일까, 사랑은 점선의 맥락이라 하겠지. 안색 모아둔 시간이 이역만리 길들인 싸리꽃 순간일 수도 있다.

대안은 있는 것이냐, 손바닥에 내려앉는 망향 천만리, 황천의 놀빛 잘라 귀향 살포시 덮어줄 일이다.

2024. 5. 12

제8부

墨香 정예시집 · 타조의 터널

<녹십초>의 미팅 하우스

배고픈 주스의 입가에 색상 스쳐 지난다
바다의 넌출에 파도 주렁진 미소
미리내 기슭 깨어나는
추녀 끝에 포박된 겨울의 눈물마저
얼어 터진 향기에 숙성 새겨넣을 것이다

레스토랑 입덧 쌓는 두근거림과
못난 툰드라의 그림자 녹아들고 있다
발톱 섞는 성취감에도
반역의 근성은 기다림에 빨대 꽂는다

정밀실험의 깃털 앞에서
날개들의 일식日蝕…
쫄깃한 우주의 댄스가
지구의 허겁虛劫 잡고 사막 걷듯이

소리의 밖에서 소리는
슴새는 멜로디로 마법의 성 노크해간다

2024. 5. 12

쾌지나는 어떻게 칭칭 나는가

또 역시 견고한 각오의 변두리에
두께의 흔적은 지폐의 서빙
가늠할 수 있었다
부처님 오신 날 그 외에도
능선의 주름엔 꽃비가 내렸고

당연하게 완벽한 채무의 사투리로
폭염의 긴 해안선을
갈비 드러나게 울었다

특별 잦은 시나리오 견적
역습의 하늘 주름 세우며
자비로운 징표로
가녀린 사랑 비껴 담는다

손가락 마디에서
또로록 이슬 굴러 내려
이별 보듬는 신음이다
보이는가 들리는가 각색해가시라

2024. 5. 13

살아도 고마운 진실

그렇다고 해서 다시 돌각담에
햇살 얹어둔다는 것은
난삽의 주름에 사막 잠재운
기다림이라 하겠지

답례에 진술 받쳐 올리며
숙명은 이슬 살찌운
무수리의
무한 작업 지펴 올리지

눈물 받아 적는
거리의 소음같이
탈출에 박차 가하는 희토류

어제오늘의 메아리로
구멍 난 기억 깁스해둔다
놀빛 묻은 입술
각성하는 내 속살이겠지

2024. 5. 14.

체인지 코드에 길은 외줄기

혹시라도 논의의 잔속에 낙하의 축제는 속삭임 불붙여줄 것이다. 탁마琢磨의 메시지에 날개 달아주는 착상은 공포의 순간 연소되는 교접의 꽃피움이다.

비 내리는 언술이 초속 80미터의 강풍으로 토네이도 밀어주는 동력이 된다. 아픔의 유효기는 치유의 테이프에서 정답 도출하지 못 할 것이다.

섬섬옥수에 입술 얹던 적도의 심장 달아오르고 아킬레스건 살찌운 즐거운 신음이 생리통으로 커튼 들어 올리고 있다.

꿈이여 가슴 열어야 하리. 덧니 난 순간이 오리온 빛살로 어둠 거머쥐고 새벽을 간다. 님프는 환상의 섬이 된다.

2024. 5. 14

간병사의 아침 각혈하지 않는 까닭

　어둠 스쳐 지난 자리에 사탄의 퇴적물 들어 올린 젊은 날의 회한이다. 감았다 풀면서 뜯겨나간 이슬은 투명함 고르실 거다.
　낮달은 하늘 간질이면서 투, 투… 삭막함 접었다 펴건만 신호등 눈 감을 줄 모른다.
　시공時空에 계단 쌓는 날개들 신음이 긴 그림자 드리우는 것은 해안선 굽이 돌아 너럭바위 살찌기 때문이다.

　2024. 5. 14

쌍화雙花의 효능 입술 깨무는 풀버전

환자들 화장실 곁에 방문객 휴게실이 있었다
오가는 초침들의 다급한 발걸음 소리에
한 옥타브 낮춘 볼륨의 매니저가 복도에
전설처럼 서있다 그게 무서운 진실이었다

왜 비가 내리는지 표기들의 의문
실성한 구름의 하차는 안개라는 이름으로
광야를 덮어주어야만 했다는 것이다

<딴쓰…>
딴쓰라는 말은 <그러나>의
중국식 발음이었다 그게 꿈같은 현실이었다
화장실 곁엔 플랫폼 이슬도 다시 슴벅거렸다

2024. 5. 15

귀향 메들리

방황의 툇마루에서 반딧불 깜박임 믿었다
아픔 묻은 색상에 빛 한 줄 그어보면서
시간 찢긴 사이로 노래의 출시 그리워했다
전생이 선물한 사랑 보듬어가며
바람 사라진 언덕에 꽃으로 머물고 싶었다

헐벗은 기억의 뒤안길에 이슬로 남아도
망향의 여운에 이름 석자 떠올려본다
세상 모든 것에 악수 나누며
돌아서는 자국마다 향기 얹고 싶어라

방황의 툇마루에서 반딧불 깜박임
일월성진 갈고 닦아 헐벗은 한 생
부끄럼 낙인찍으며 이 아침 열어가리라
이제는 미소 지으며 머나먼 그 길
손 잡고 함께 갈 그림자에 숙명 읊어보았네

2024. 5. 15

귀향

젊은 날의 비 내리던 거리를
다시 걸으며
옛사랑 그 이름에
놀빛 꺼내어 비추어보네
인생은 가고 별빛은 남아
아픔 싹틔우는 듯
기다림 다시 찢겨
눈꽃 내리네 바람이 부네
회한의 흐느낌인 듯
기억은 사품 치며
숙명의 둔덕 스쳐 지나네
꿈이고 싶어라
망울 짓던 그 봄날
다시 꽃펴날 수 있다면
인적 드문 숲길에
비석이고 싶어라
윤회의 그날 그리며
망향의 우등불 지펴 올리네

2024. 5. 15

바오바브나무처럼 내가 서있다

밤 깊도록 잠 이루지 못하는 것은
두고 온 때 묻은 그림자가
맨발로 어둠 속 달려가기 때문이다
햇살의 여운 가슴에 품고
낯선 침묵 한숨짓기 때문이다

절규의 레일 달아오르듯
파도에 입 맞춘 숙명의 열창
지축 바로잡는 미륵의 손가락으로
지각의 흔들림 열어두기 때문이다

밤 깊도록 잠 이루지 못하는
기다림의 외딴 섬 하나
사래 깊은 주름에 그득그득
회한의 향기 미소 짓기 때문이다

2024. 5. 16

어둠의 들녘 별들의 노래

회한에 이슬 달아주는 소망에
놀빛, 홀로 볼이 붉었다
때 묻은
뒤안길에 달빛도 차가운데
훈향의 속삭임 나비 되어 내리네

아픔이여 고향은 어디,
태고의 사랑
새벽 오는 소리 엿듣고 있는데
어둠의 들녘 미로 천만리
망향의 이름석자 각색해가네

물새 우는 숲길에
이별 또한 추억으로 정다웠었네

2024. 5. 17

대출받는 공백 검거해두기

명암의 대립 면에 하루만의 사랑
끼워 넣을 수 있다면 고공낙하
그 방선 무너지는 비난
포상금 위장해줄 수 있다
규탄의 표적에 쇠녹 쏟아부으며
재래의 협곡 빠져나간
갈무리의 협착으로
세월은 잠적 그루 박지 않는가
탈출의 능선에
가인의 추모로 역점 찍으며
공방의 둔덕 햇살로 가려 덮겠지
유령의 계단 너머
업보의 팬데믹 또 쌓으려나 보네

2024. 5. 18

아수라의 자백

순간포착의 보완작업이
지구 받치고 설 때
망자亡者의 유령들 어둠 앓는
별빛 감아쥐고 섰다
음지의 견인력
사막 그러않는 것이다
이보다 더 신날 일은 없지
오랜만에 만져보는
숙녀의 꽃망울처럼
은퇴의 차도差度
허공에 낮달 걸어두는
휘파람이리라
먼 여정 끝나는 길에
숙명 마중 나오듯
그림자 흉내 내는
미륵의 공개홀
천사처럼 곁에 와 서있다

2024. 5. 18

미아의 입체홀 풍경

개봉된 생각의 모서리에
메아리가 허겁 점지해둔다
어둠 배회하는 복도에
잠언 베껴두듯
파도는 추적 출렁이었지

꿈이었을까
립스틱 얹어둔 오후처럼
그리움 한 점 쏘아 올렸지
산 첩첩 물 잔잔
구름에 향기 얹어두듯

바람의 전율
피안에 개미 걸어가며
바다의 숨결로
내일의 태양 밀어올렸지

2024. 5. 18

순종의 촉수처럼 말미잘이여 눈물 흘려라

단 한 번의 꼼수가 공개된 비번을 낙하의 조립에 새겨넣기로 했다. 비상등 켜지는 동안 사이버 알람은 생각의 방향 헷갈리게 해야 했다.

소리의 골절현상이 유기농 성분의 구토에 익살이란 걸 누가 증명해줄 것인가. 그게 답답한 일이라고 능선이 놀빛 감아쥐고 춤추고 있다.

순정이었을 것이다. 황천의 계단에로 사막 굴리는 것도 파도 그리운 소라의 넋 닮았기 때문이었으리. 사바의 손등에 눈물이 쇼크하기 때문이리라.

산란産卵 하는 우주의 참모습이 섬섬옥수 길들여간다고 적히어 있다. 무수리의 집착이 억겁億劫의 시야 넓혀가고 있다.

널 좋아한다는 걸 알잖아, 바람 또다시 불어오려나 보네.

2024. 5. 19

우기雨季의 할인 투데이

파도 넘치는 무인도에
풋사랑 텍스트 추가해 올리지
탈출의 경보가
습도의 침투 낙인찍어두겠지

신음 낚아 올리는
먹구름 부서진 파편들
어둠 몰고 가는 흡착으로
꽃씨 되어 점박혀 있지

나그네의 지구는
황천역 노크 엿듣고 있지

2024. 5. 19

난蘭

각성보다 올곧은 성미의 조업이
브레이크에 윤슬 얹어두는 순간
망각 덧칠해가는 고난은
바다의 비릿한 몫이다

무시로 잡아둔 햇살의 난삽
손에 모아쥐고 계곡 스쳐 지난
어부의 끈질긴 아집처럼
향기는 망울진 욕망 부풀리고 있다

11월의 눈보라가 5월의 안개로
만개하는 갈무리의 출시~!
아픔 인지되는 기억은
유통의 시간 슴새들이고 있다

뿌리마다 수천 자국의 눈더듬
인파의 입술에 쏴라, 쏴~!
숙명의. 기습奇襲으로
창窓마다 투명함 열어두고 있다

2024. 5. 20

피노키오와 곱추의 성城

탈수에 수위 그려 넣은 건 아니겠지
더위 짚고 물러선 착시의 이마에
여백 그려 보이고 싶었다

눈꽃이여 미소는 차갑다 아느니
시간의 집합 펴 보인 진실에
기다림은 다시 꽃펴난다 아느니

낙차의 사막 길들인 갈무리
견적의 메아리에 소망 엿듣고 간다

2024. 5. 21

정토淨土의 계단 너머

강물이 박제된 허공에 무지개 비끼고
어제오늘의 화려했던 순간은
파도의 낱말에 미소로 깃 펴두고 있다
패러디엄 욕구가
플라스틱 하늘 고착시키듯
삭제된 원심력은 팽창의 확률이다

그리움이
안녕에 별빛 심으면
슬픔보다 먼저 먼지들 숲에서
갈린 목청 받아적는 이별의 각서
평강의 능선에
원인 따져 묻는 누적의 바람이 된다

2024. 5. 22

조율 시스템

어둠의 둔덕에 빛은 숨어 있었다
해저 더듬는 시간이
마리아나해구 눈뜨는 발상임을
노이론에 서식하면서
젊음은 기억을 서성거렸다

아픔이 새가 되는 날
짤그랑 부서지는 햇살에
각서 쓰면서
태초의 아침은
먼지 낀 윤회 접어 올렸다

물소리에 실려 가는 어둠
반성의 재활공간 눈감아버리고
식별의 검문서에
못난 꿈 하나 새겨넣는다

표백의 논란,
탕비실 도마 위에 유출되어 있다

2024. 5. 23

파도에 비껴간 세월의 메아리

휴지처럼 구겨져 나가 앉은 기억으로
멀어져간 사랑이여 때 묻은 이름이여
작은 새 그 눈동자에
아픔 머물다 간 흔적 어루만지네
망각의 메아리 먼 지평 넘어서 가네

먼지 낀 기다림 같이
가로등 불빛에 볼 부비던 노래
밤하늘 별 되어 외로움 달래고 있네
눈꽃 찢긴 겨울의 밤 그 밤은
오늘도 잊지 못하네 잊을 수가 없네

다시 떠날 그 길 먼 길이건만
그리움은 별 되어 이 밤 비추네
슬픔처럼 구겨진 기억이련만
새벽 오는 언덕엔 이슬도 행복이겠네

2024. 5. 23

회전하는 시간전시장

명암 근 뜨는 척도의 피부에 파도 그려져 있다고
낙서의 암류에 저승꽃 향기로 구름 감싸며
에어컨 날개 밑으로 삼복더위가 걸어 지날 것인가
미아의 소망 이슬에 감추고 동년의 숲길이
상념의 아픔으로 대불의 손바닥 녹여 줄 것인가
각서의 브리핑 페인트 입구에 꽂혀있다고
순종의 순간마다 낙엽 쌓인 달빛 달구어간다
대안 부활시킨 표본의 깃발이 바람 된다면
소망 닮은 그림자는 다가서는 하늘 보듬어주겠네

2024. 5. 24

녹십초

기사회생의 전설이 이슬 안고 다가와
이름이 뭐냐고 묻는다
<아픔의 재활~!> 나는 답해주었다
곁에서 그라프의 파문
먼지 낀 거리 주워섬기며 밤 기울여갔다

바람동네에 바람이 불고
서울의 교차로에 그림자는 서있다

잔디밭 너머에 사막 열리고
파도는 바다를 달래는 낙찰전략
케어하는 텔레파시가 향기 더듬는
전생 소환에 속주름 터치해간다

조회수는 수백만의 능선 넘어서고 있네

2024. 5. 25

간이역에 잠깐 머무르며

金賢舜

시집 「영시의 키보드」 출간에 이어 8개월 남짓한 기간의 시작
詩作들을 묶어보았다. 책자로 열아홉 번째가 되는 셈이다.

왜 시詩에 미쳐 살고 있는가, 육신에 부착해있는 영혼의 정화를
위해서인 것이다.

잠깐 머무르다 갈 지구라는 이 간이역에서 아픔과 외로움과 고
독과 그리움을 감내하면서 영혼 정화를 도모하기 위하여 간병일도
체험해보았다.

갑진년甲辰年 상반년을 거의 요양재활병원에서 환자들과 함께
생활하며 삶의 진가眞價를 낯설게 표현하기에 애써보았다.

타인보다 다르게 보여주기, 그것만이 세상에 남는 혼자만의 흔
적이라는 신조가 동력이었다고 해야 할 것이다.

현실에 살면서 현실 밖 현실을 그리워하며 심신 불태워 무아경
의 새로운 질서를 찾고저 모지름 쓴 표적들이 이 책자에 고스란
히 낙인찍혀있을 것이다.

명시를 써서 여기저기에 발표하고 묵직한 문학상들도 척척 받
아안고저 했던 욕심은 꼬물만치도 없었다. 오로지 영혼 정화를 위
한 작업이었다고 당당하게 말할 뿐이다.

시詩를 언제까지 쓸 것인가. 영적 가르침이 별빛으로 명멸하는

한 시詩 쓰는 작업은 그냥 지속될 것이다.

삶의 질고를 두려워 않고 흑암 속에서 빛 찾아가는 빈자貧者의
자세로 다가서는 내일 껴안아주리라.

　－甲辰年 여름 墨香庭園에서

타조의 터널

초판인쇄 2024년 6월 15일
초판발행 2024년 6월 15일

지은 이 김현순(金賢舜)
펴낸 이 채종준
펴낸 곳 한국학술정보사
주　　소 경기도 파주시 회동길 230(문발동)
전　　화 031) 908 3181(대표)
팩　　스 031) 908-3189
홈페이지 http://ebook.kstudy.com
전자우편 출판사업부 publish@kstudy.com
등록 제일산－115호(2000. 6. 19)

ISBN 979-11-7217-403-3 03810